dtv

Reihe Hanser

Hans Adolf Halbey wurde 1922 in St. Wedel/Saar geboren. Er studierte Kunstgeschichte, Buchwissenschaft und Geschichte, war Direktor des Klingspor-Museums in Offenbach sowie anschließend Direktor des Gutenberg-Museums in Mainz. Der Autor veröffentlichte viele Bücher zur Schriftkunst und Illustration.

Rotraut Susanne Berner, 1948 in Heidelberg geboren, studierte Graphik-Design in München. Heute lebt sie in Heidelberg. Seit vielen Jahren ist sie freie Künstlerin im Bereich Buchillustration und seit einiger Zeit auch Autorin. Den galoppierenden Nonsens hat sie hintergründig und humorvoll ins Bild gesetzt. In der *Reihe Hanser* bebilderte sie bereits ›Der Zahlenteufel‹ (dtv 62015), ›Himmel, Hölle, Blindekuh‹ (dtv 62018) und ›ABC, die Katze lief im Schnee‹ (dtv 62034).

Schmurgelstein so herzbetrunken

Verse und Gedichte für Nonsense-Freunde von 9–99

Versammelt, gemischt und herausgegeben von Hans Adolf Halbey

Mit vielen farbigen Illustrationen von Rotraut Susanne Berner

Deutscher Taschenbuch Verlag

Ungekürzte Ausgabe
Juni 2001
Deutscher Taschenbuch Verlag GmbH & Co. KG,
München
www.dtv.de

Druck und Bindung: Appl, Wemding
Gedruckt auf säurefreiem, chlorfrei gebleichtem Papier
Printed in Germany · ISBN 3-423-62043-9

Inhalt

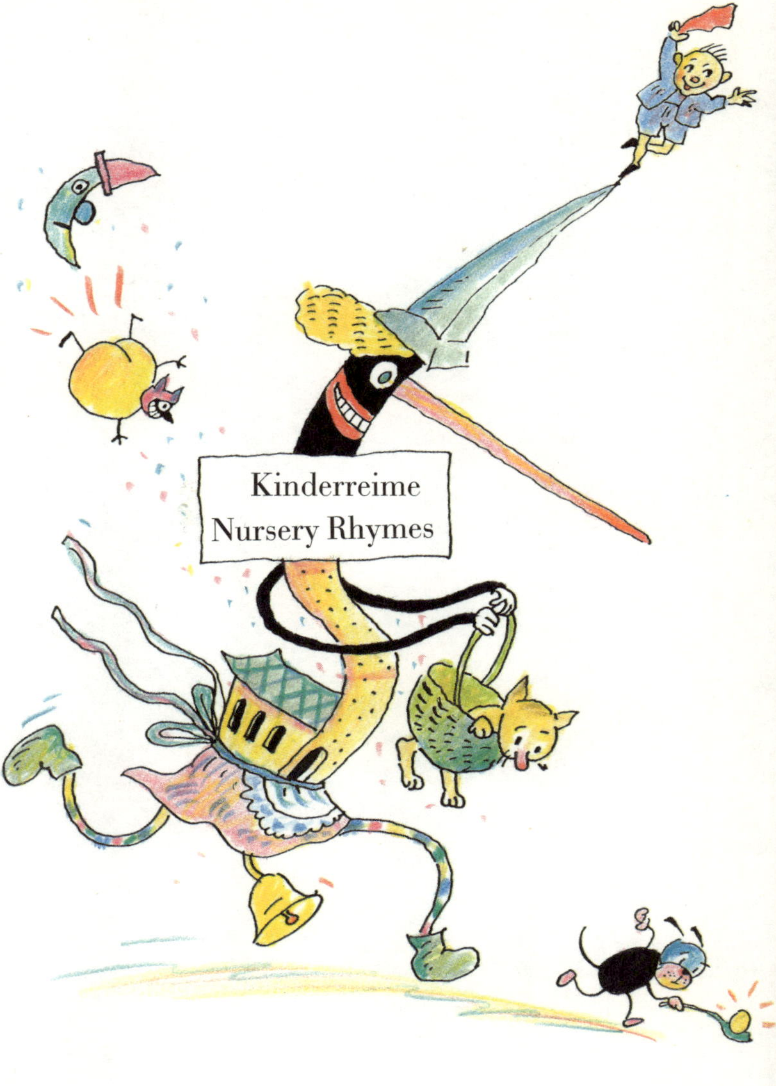

Kinderreime
Nursery Rhymes

In der bimbambolischen Kirche
geht es bimbambolisch zu:
tanzt der bimbambolische Ochse
mit der bimbambolischen Kuh.
Und die bimbambolische Mutter
kocht den bimbambolischen Brei,
und die bimbambolischen Kinder
fassen mit den Fingern drein.

*

Auf dem Berge Sinai
wohnt der Schneider Kikeriki,
seine Frau, die Margarete,
saß auf dem Balkon und nähte,
fiel herab, fiel herab,
und das linke Bein war ab.
Kam der Doktor angerannt,
mit der Nadel in der Hand,
näht es an, näht es an,
daß sie wieder laufen kann.

Abzähl-Reime

Ele mele mink mank
Pink pank
Use buse ackadeia
Eia weia weg

*

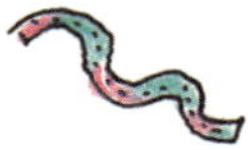

Enne denne
Dubbe denne
Dubbe denne dalia
Ebbe bebbe bembio
Bio bio buff

*

Ene dene ditschen datschen
Zwibbel di bibbel boneratschen
Ene dene daus
Und du bist aus

*

Enchen, denchen, dittchen, dattchen,
sibeti, bibeti, bonchen, battchen,
sibeti, bibeti, buff.

*

Ennege, bennege, rumpeldi,
riffel, raffel, mannewi,
Anken, Beeren, Schmalz,
Hafer, Mehl und Salz,
Tinte, Pfanne, tuß,
für ein Kreuzer Nuß,
für ein Kreuzer Bärendreck
haut mer dir den Kopf hinweg.

*

Ele mele micken macken
Eene Fru de kunn nich kacken
Nimmt 'n Stock

Bohrt 'n Lock
Schitt 'n halben Heringskopp

*

Ene dene dorz
De Deiwel läßt 'n Forz
Läßt en in die Hose

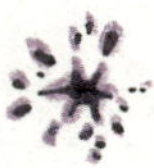
Stinkt nach Aprikose
Läßt en widder naus
Un du bis draus

*

Ene mene mopel
Wer frißt Popel
Süß und saftig
Einemarkundachtzig
Einemarkundzehn
Und du kannst gehn

Massah had an old black mule,
His name was Simon Slick,
The only mule with screamin' eyes,
An' how that mule could kick.

He kicked the feathers from the goose,
He broke the elephant's back,
He stopped the Texas railroad train
An' he kicked it off the track.

*

I dreamed that my horse had wings and could fly,
I jumped on my horse and rode to the sky.
The man in the moon was out that night,
He laughed long and loud when I pranced into sight.

*

My Mammy was a wall-eyed goat,
My Old Man was an ass,
I feed myself off leather boots
And dynamite and grass.
For I'm a mule, a long-eared fool
And I ain't never been to school
Hee-hee-haw.

The man in the moon
  Came tumbling down,
And asked his way to Norwich;
  He went by the south,
  And burnt his mouth,
With supping cold pease-porridge.

*

There was an old woman tossed up in a basket
  Seventy times as high as the moon;
Where she was going I couldn't but ask it,
  For in her hand she carried a broom.

"Old woman, old woman, old woman," quoth I,
  "Where are you going to up so high?"
"To brush the cobwebs off the sky!"
  "Shall I go with thee?" "Aye, by-and-by."

*

There was an old woman and her name was Peg,
Her head was of wood, and she wore a cork leg;
The neighbours all pitched her into the water,
Her leg was drowned first, and her head followed after.

Backe backe Köken,
Händken sünt so söten,
düsse Händken sünt so small,
as de Köken wesen schall:
Schuf in Aven!
Bäcker hett sin Fro geschlagen
mit de Schüffel up den Kopp:
Ach, wo schri de arme Tropp!

*

Schlap, Kindke, schlap!
Din Vader is en Aap,
dine Moder is e Donnerkatte,
du böst e kleene Brotratte,
schlap, Kindke, schlap!

*

Inge,
widewinge,
widewilka, matinge,
widewilka, matum,
die Inge ist dumm.

*

Ilse Bilse,
niemand will se.
Kam der Koch,
nahm sie doch,
steckt sie in das Ofenloch.

Da steh ich auf der Kanzel
und predig wie eine Amsel.
Da kummt ein Bue
und nimmt mer die Schue,
da kummt e Mäderl
und nimmt mer die Kapp,
da fall ich kopfobers
von der Kanzel herab.

*

Heut nacht bin ich fischen gegangen,
da ist mirs geraten:
Hab einen buckligen Schneider gfangen,
hab ihn lassen braten.
Wie er braten ist gewesen,
hab ich geschrien: Zum Essen!
Kommt ein verstohlner Spatz daher,
hat mir den Schneider gfressen.

*

Ist die schwarze Köchin da?
Nein, nein, nein,
dreimal mußt du rummarschieren,
's vierte Mal den Kopf verlieren,
's fünfte Mal komm mit.

Reiner Kunze
Blumenlied

Löwenzahn, sag an, an, an,
ob dein Zahn auch beißen kann.

Fingerhut, ach je, je, je,
reichst der Biene bis zur Zeh.

Glockenblume, kling, kling, kling,
Glöckner ist der Schmetterling.

Mohn im Korn, so rot, rot, rot,
kostbar ist das liebe Brot.

Butterblume, muh, muh, muh,
morgen kommt die schwarze Kuh.

Peter Härtling
Murmelverse

niemand mag den schmurgelstein
tupfengleich und blink –
reib die nase glatt und rein
an dem schnurreschmirgelstein –
auf drei Beinen hink.

pfropf den mond ins plunderhorn
glimmerdünn und weiß –
geh dann weiter ungeschorn
durch das krumme wunderhorn –
zahl den flunkerpreis.

Peter Härtling
Fundevogel

Fundevogel, lieber Reim:
Siebenschlaf und Honigseim –
plötzlich wacht der Segen auf,
Zögern ist sein Lebenslauf.

Dort wo andre länger wachen,
wacht er mit und schlitzt das Lachen.
Dort wo andre länger träumen,
hilft er, Reisen zu versäumen.

Find den Vogel, lieber Reim:
letzter Schlaf und Fliegenleim –
keiner spielt mehr, keiner lacht,
jeder hat sein Nichts gedacht.

Auf dem Reim nachhausgeritten –
Fundevogel, kleines Glück.

Niemand wird den Vogel bitten:
Laß dich finden, komm zurück!

Christoph Meckel
Ohrenklingen

Ich weiß nicht,
weiß nicht,
was soll es bedeuten,
lirum larum –
rufe es hierum,
hörte es läuten,
sag es darum.

Lirum larum,
buchstabier mir
das Abc,
hierum darum
weiß ich nicht, wierum
laufen die Füße
im Schnee.

Ich weiß nicht,
weiß nicht,
was soll es bedeuten:
Schnee, wo ich geh,
lirum lorum,
warum darum –
hörte es läuten, weiß nicht, worum
dreht sich das Abc.

Ich weiß nicht,
weiß nicht,
was soll es bedeuten,
lirum larum –
rufe es hierum
hörte es läuten,
sag es darum.

Limericks

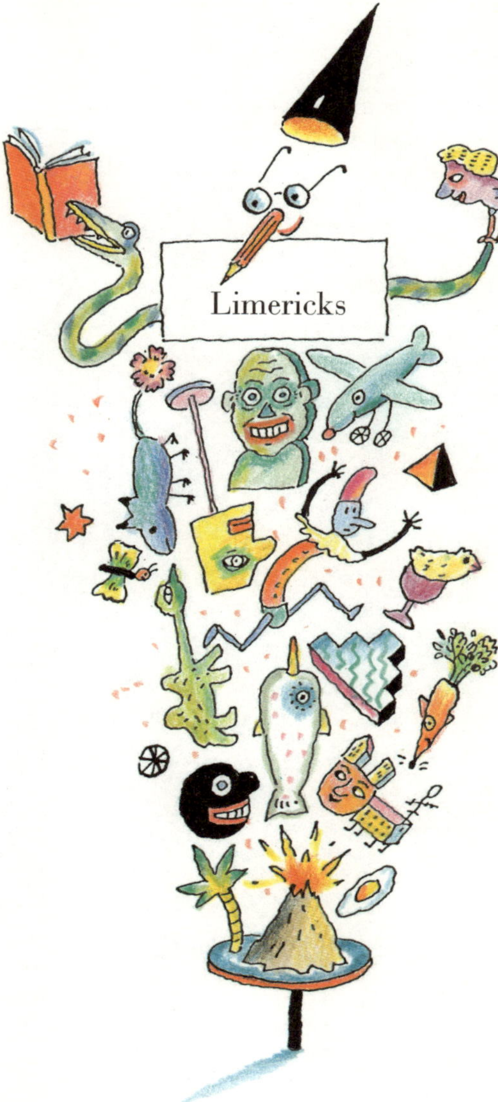

Edward Lear

There was an Old Man who said, "Hush!
I perceive a young bird in this bush!"
When they said.– "Is it small?"
He replied, "Not at all! –
.. It is four times big as the bush!"

There was an old person of Nice,
Whose associates were usually Geese,
They walked out together,
In all sorts of weather.
That affable person of Nice!

There was an Old Man with a beard,
Who said, "It is just as I feared! –
Two Owls and a Hen,
Four Larks and a Wren,
Have all built their nests in my beard!"

Edward Lear

Es versuchte ein Herr aus dem Norden
gelegentlich, sich zu ermorden.
»Die alte Geschichte«,
rief seine Nichte.
»Es ist wieder nichts draus geworden!«

Ein älterer Herr aus Meran
sprang einfach in einen Vulkan.
Gefragt: »Ist es heiß?«,
rief er: »Kalt wie Eis!«,
der verlogene Mensch aus Meran.

Dieser ältere Herr aus Wisconsin
besaß eine schöne Schimpansin.
Doch kaum aus den Windeln,
begann sie zu zündeln
und verbrannte den Herrn aus Wisconsin.

Diese junge Frau aus Manila
wurde von Tag zu Tag stiller.
Man hielt sie für dumpf,
doch sie sagte nur: »Umpf!«,
die stoische Frau aus Manila.

Dieser ältere Herr aus Bangkok
rief laut: »Tikkitik, tikkitok!
Tippidu, tippidill!«
Und dann schwieg er still,
der prophetische Herr aus Bangkok.

Dieser ältere Herr hier aus China,
seine Töchter Adele und Lina
und Mizzi und Dora
und Lizzi und Lora,
die lebten gemeinhin in China.

(Nachdichtungen von
Hans Magnus Enzensberger)

Edward Lear

There was an Old Man on a hill,
Who seldom, if ever stood still;
He ran up and down,
In his Grandmother's gown,
Which adorned that Old Man on a hill.

Es war mal ein Mann aus Cargill,
der stand niemals völlig still;
er lief allezeit
in Großmutters Kleid –
dies verschönte den Mann aus Cargill.

*

There was an Old Man with a gong,
Who bumped at it all the day long;
But they called out, "O law!
You're a horrid old bore!"
So they smashed that Old Man with a gong.

Es war mal ein Mann aus Choolong,
der schlug pausenlos auf einen Gong;
da riefen sie aus:
»Du bist uns ein Graus!«
und erschlugen den Mann aus Choolong.

There was an Old Person of Cromer,
Who stood on one leg to read Homer;
When he found he grew stiff,
he jumped over the cliff,
Which concluded that Person of Cromer.

Es stand mal ein Mann aus Omer
auf einem Bein und las Homer;
als das Bein eingeschlafen,
sprang er in den Hafen –
so starb jener Mann aus Omer.

There was an Old Man of the East,
Who gave all his children a feast;
But they all eat so much,
and their conduct was such,
That it killed that Old Man of the East.

Es war mal ein Vater aus Brest,
der gab seinen Kindern ein Fest:
die benahmen sich stillos
und fraßen ganz ziellos –
dies gab ihrem Vater den Rest.

There was an Old Man in a tree,
Who was horribly bored by a Bee;
        When they said, "Does it buzz?"
        He replied, "Yes, it does!
It's a regular brute of a Bee!"

Es war mal ein Mann aus Leer,
den langweilt' 'ne Biene sehr;
        als sie fragten: »Summt sie denn?«
        sagte er: »Na und wenn?
Dies tun halt die Bienen in Leer.«

There was an Old Man of Kilkenny,
Who never had more than a penny;
        He spent all that money,
        In onions and honey,
The wayward Old Man of Kilkenny.

Es war mal ein Mann aus Kilkenny,
der besaß nie mehr als einen Penny;
        diesen gab er bald aus
        für Sause- und Braus-
epulver – der Mann aus Kilkenny.
(Nachdichtungen von Theo Stemmler)

Lewis Carroll

There was a young lady of station,
"I love man" was her sole exclamation;
But when men cried, "You flatter",
She replied, "Oh! no matter,
Isle of Man is the true explanation."

Bazon Brock
Lümmelrück

Es war mal ein Mädchen aus Thorn,
das hatte sich heilig geschworn,
seine Zukunft zu planen
nach literarischen Ahnen,
jetzt hat sie ihren Gatten geborn.

Ogden Nash
Edouard

A bugler named Dougal MacDougal
Found ingenious ways to be frugal.
He learned how to sneeze
In various keys,
Thus saving the price of a bugle.

Hochland-Hornist

Einem Bläser aus Lairg, Glenn MacGorness,
Deprimiert vom Verschleiß seines Hornes,
Reifte Kraft, zu erkiesen,
Nach Noten zu niesen,
An der Glut ökonomischen Zornes.

(Nachdichtung von Ulrich Sonnemann)

The Lion

Oh, weep for Mr. and Mrs. Bryan!
He was eaten by a lion;
Following which, the lion's lioness
Up and swallowed Bryan's Bryaness.

Der Tiger

Beweinen wir Herrn und Frau Krüger!
Den safarenden Gesell fraß ein Tiger.
Dann kam des Tigers Tigerin
Und schluckte Krügers Krügerin.

(Nachdichtung von Ulrich Sonnemann)

Ogden Nash
Limick

Two nudists of Dover,
Being purple all over,
Were munched by a cow
When mistaken for clover.

Limick

Zwei Nudisten auf Baltrum,
Thymianblau weil rings kalt rum,
Fraß aus Irrtum ein Schaf,
Bis zu spät es sich schalt drum.
(Nachdichtung von Ulrich Sonnemann)

Requiem

There was a young belle of old Natchez
Whose garments were always in patchez.
When comment arose
On the state of her clothes,
She drawled, When Ah itchez, Ah scratchez!

Die Eloge der Miss Mississippi

Immer trug sie, die schön, etwas patzig,
Kleider flusig, geflickt, kraß krätzglatzig.
Bei Bedenken, erhoben
Ob so räudiger Roben:
Wo's mich juckt, erklärte sie, kratz ich.
(Nachdichtung von Ulrich Sonnemann)

Rudyard Kipling

There was an old man of Peru
Who dreamt he was eating his shoe.
He awoke in the night
With a terrible fright
And found it was perfectly true.

Es war einmal ein Mann aus Peru,
dem träumte, er äß' seinen Schuh.
Er erwachte voll Graus,
spuckte kräftig aus,
und sieh' da, – er spuckte 'nen Schuh!
(Nachdichtung von Jürgen Dahl)

There was a young lady of Riga,
Who rode with a smile on a tiger.
They returned from the ride
With the lady inside
And the smile on the face of the tiger.

Eine junge Dame aus Riga
ritt lächelnd auf einem Tiger.
Auf dem Wege zurück
lächelt *er* vor Glück,
denn *sie* war jetzt innen im Tiger.
(Nachdichtung von Jürgen Dahl)

Ernst Fabian

Traum und Wissen

Versäumt man, zu träumen wie Schliemann,
So findet den Priamos nie man.
Doch träume man richtig!
Auch hier ist kaum wichtig
das Daß-man, sondern das Wie-man.

Lied der Wüste

Ben Nemsi, der Bey von Bengasi,
Sah gern eine Dame. Doch da sie
Bei Nacht und bei Tag
Vorm Fernsehn lag,
So sah Bey Ben Nemsi nie nah sie.

Segen des Unwissens

Es gab einen Konsul, der kauderte
Ein Welsch, daß ein Welscher nur schauderte
Und, äußerlich mild,
Ihn im Geiste gekillt.
So gings wohl schon oft, wenn man plauderte.

Kurzer Prozeß

Es gab einen Tierfreund in Bebra,
Der hielt sich im Keller ein Zebra.
Woselbst es verblich,
Zumindest für mich.
Denn es gibt keinen Reim mehr auf -ebra.

Heinz-Eugen Schramm
Das Motto

Es haben, sprach Lotte zu Otto,
Auch Hottentotten ein Motto:
Mal trotten sie hott,
Dann hotten sie trott
Und fordern zehn Mark für ein Foto.

Schön wär's

Sie war im Theater, die Rosa.
Ihr Herz schlägt für Marquis Posa.
»Ein trefflicher Mann,
Was der alles kann!«
Doch dann schwärmt sie weiter in Prosa.

Liebe macht blind

»Ich find'«, sprach das Annemirl grämlich,
»Den Jagersepp gar nicht so dämlich.
Auch ist er noch frei
Und bleibt sicher treu.«
Er schielt und stot-tottert nä-nämlich!

Gedichte mit Gibt-es-nicht-Worten

Christian Morgenstern

Das große Lalulā

Kroklokwafzi? Sem̄emem̄i!
Seiokrontro -prafriplo:
Bifzi, bafzi; hulalem̄i:
quasti basti bo . . .
Lalu lalu lalu lalu la!

Hontraruru miromente
zasku zes rü rü?
Entepente, leiolente
klekwapufzi lü?
Lalu lalu lalu lalu la!

Simarar kos malzipempu
silzuzankunkrei (;)!
Marjomar dos: Quempu Lempu
Siri Suri Sei [ ]!
Lalu lalu lalu lalu la!

Gruselett

Der Flügelflagel gaustert
durchs Wiruwaruwolz,
die rote Fingur plaustert,
und grausig gutzt der Golz.

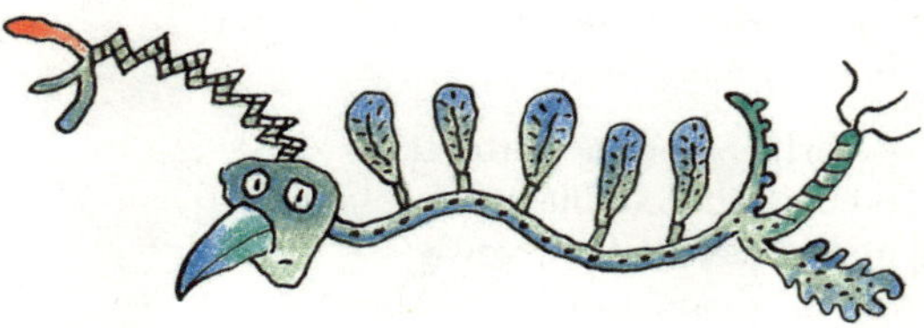

Lewis Carroll

The Jabberwocky

'Twas brillig, and the slithy toves
   Did gyre and gimble in the wabe:
All mimsy were the borogoves,
   And the mome raths outgrabe.

"Beware the Jabberwock, my son!
   The jaws that bite, the claws that catch!
Beware the Jubjub bird, and shun
   The frumious Bandersnatch!"

He took his vorpal sword in hand:
   Long time the manxome foe he sought –
So rested he by the Tumtum tree,
   And stood awhile in thought.

And, as in uffish thought he stood,
   The Jabberwock, with eyes of flame,
Came whiffling through the tulgey wood,
   And burbled as it came!

One, two! One, two! And through and through
   The vorpal blade went snicker-snack!
He left it dead, and with its head
   He went galumphing back.

"And hast thou slain the Jabberwock?
   Come to my arms, my beamish boy!
O frabjous day! Callooh! Callay!"
   He chortled in his joy.

'Twas brillig, and the slithy toves
   Did gyre and gimble in the wabe:
All mimsy were the borogoves,
   And the mome raths outgrabe.

Lewis Carroll
Der Zipferlake

Verdaustig wars, und glasse Wieben
Rotterten gorkicht im Gemank;
Gar elump war der Pluckerwank,
Und die gabben Schweisel frieben.

»Hab acht vorm Zipferlak, mein Kind!
Sein Maul ist beiss, sein Griff ist bohr!
Vorm Fliegelflagel sieh dich vor,
Dem mampfen Schnatterrind!«

Er zückt' sein scharfbefifftes Schwert,
Den Feind zu futzen ohne Saum,
Und lehnt' sich an den Dudelbaum
Und stand da lang in sich gekehrt.

In sich gekeimt, so stand er hier;
Da kam verschnoff der Zipferlak
Mit Flammenlefze angewackt
Und gurgt' in seiner Gier.

Mit eins! und zwei! und bis aufs Bein!
Die biffe Klinge ritscheropf!
Trennt er vom Hals den toten Kopf,
Und wichernd springt er heim.

»Vom Zipferlak hast uns befreit?
Komm an mein Herz, aromer Sohn!
O blumer Tag! O schlusse Fron!«
So kröpfte er vor Freud.

Verdaustig wars, und glasse Wieben
rotterten gorkicht im Gemank;
gar elump war der Pluckerwank,
und die gabben Schweisel frieben.

(Nachdichtung von Christian Enzensberger)

Paul Scheerbart

Kikakoku!

Ekoralaps!

Wiso kollipanda opolôsa.

Ipassata ih fûo

Kikakoku proklinthe oetêh.

Hugo Ball

baubo sbugi ninga gloffa
siwi faffa
ôkofa
fafâmo
faufo halja finj

sirgi ninga banja sbugi
halja hanja golja biddin

mâ mâ
piaûpa
mjâma

pâwapa
baungo
sbugi
ninga
gloffâlor

Hans Adolf Halbey

Kleine Turn-Übung

Aufgezwackt und hingemotzt
angezickt und abgestotzt
jetzt die Kipfe auf die Bliesen
langsam butzen, tapfen, schniesen
dreimal schwupf dich
knitz dich
lüpf
siehstewoll – da flatzt der Büpf

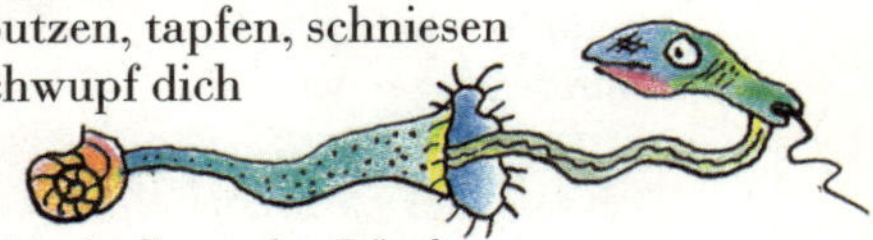

Paul Klee

Der Herr weis was der wil

Der Herr weis was der wil,
der kan.

Aber hat ain Laster, nicht rauchen.
Aber grazt mit ain Harpeitsche auf den Gaige,
das tu den Bimbo so weh in or.
(Im Stile der Lieblingskatze Klees, genannt Bimbo)

Daniel Spoerri

das rezel kroiz wort

das rezel kroiz wort
rezelt das wort kroiz
wort rezelt das kroiz
das kroiz wort rezel
kroizt das rezel wort
rezel kroizt das wort

Ernst Jandl
heldenplatz

der glanze heldenplatz zirka
versaggerte in maschenhaftem männchenmeere
drunter auch frauen die ans maskelknie
zu heften heftig sich versuchten, hoffensdick,
und brüllzten wesentlich.

verwogener stirnscheitelunterschwang
nach nöten nördlich, kechelte
mit zu-nummernder aufs bluten feilzer stimme
hinsensend sämmertliche eigenwäscher.

pirsch!
döppelte der gottelbock von Sa-Atz zu Sa-Atz
mit hünig sprenkem stimmstummel.
balzerig würmelte es im männechensee
und den weibern ward so pfingstig ums heil
zumahn: wenn ein knie-ender sie hirschelte.

Klaus Peter Dencker

Nachgerufene Gedichte für Lüb

I

Schwonz
Kerls gestrocht
Lascht zum Lull.

Froezel
honter die nu
schlumpst ab Repuns.

Wilmst
mönnich schlön
üpper dietel Lüb.

II

Enne Lull onne enne Repuns
gobbenne Lüb.

Enne Repuns wonnige enne Lull
gobbenne kenne Lüb.

Enne Lull onne enne Repuns onne enne Lüb
gobbenne enne Lüblüb.

III

Rapinchen, Rapinchen
schlonz dietel Lüb
hatschelnu.

Christa Reinig

Ballade von den unsagbaren Geschehnissen

Und der Kallermarl ast Gimme
und die strohn ihm im Salleit,
Pritchie Pritcher ast ein Nimme,
doch den Nimme muhlt man neit.

Lang schon gohlt es im Betritsche,
pussert sich zum Rampelfurm,
meulich mammelt die Matizsche,
pauft die Jemmen in den Zurm.

Unter einem Himmergepsel
brault der Mugger seinen Prumpf,
doch gar bald betreupft Schamepsel,
und es pergelt Mörschenwumpf.

Prietchie frammt sich einen Wusser,
plärzt ins Kneff den wutren Greun,
aber plötzlich schwallern Grusser,
und er wufzt aus Krützel heun.

Pritchie-boy farewell in Boller,
nimmer pomden wir dich mirn,
nein, wir pomden dich auf holler,
Pritchie, nicht beschwuchten knirn.

Endlich schnefzt herbei die Krosse,
jetzt die Betten vergepliert!
Aber ach, es queuzt Kalosse,
Kneutschels, zengen wir den Schwiert?

Und der Reller prünelt schweise,
und die Beulken schweun dahin,
das war Bammerwemmels Zeise,
und so nertscht es pacherwin.

Sprachspielereien

Ernst Jandl

psssnt
es pssniest
ein psnychologe

die mutter und das kind

üch
wüll
spülen
          spül düch
          meun künd

Lichtung

manche meinen
lechts und rinks
kann man nicht
velwechsern.
werch ein illtum!

Hans Adolf Halbey

Ein geapfelter Schimmel im Haus
ist besser als ein verschimmelter Apfel, o Graus!
Doch wenn ein Apfelschimmel einen Apfel frißt,
gibt er acht, daß am Apfel kein Schimmel ist;
später kann man den Apfel, zwar nicht mehr so schön,
als Apfelschimmel-Apfel hinter dem Schimmel liegen sehn.

Paul Maar

Jaguar und Neinguar,
die trafen sich im Februar
(am Freitag, um halb sieben)
in einem alten Labyrinth.
Und wenn sie nicht gegangen sind,
dann sind sie dort geblieben!

Unbekannter Verfasser

O du alter Kakadu!
Stets gedenke ich Kakadeiner,
Ich mißtraue Kakadir,
Und verwünsche Kakadich.

Lothar Klünner
Kakokagathie

Zwischen den Kaktussen und Kakteen
Erhob sich die Streitfrage: Wer kackt wen?
Entschied ohne Kakerlakaien
Der Azdak der Kakadus:
Ist es Kakao, dann kack ich es,
Ist es Kacktee, dann kack du's!

Raoul Hausmann
Volkslied

Muter gond stu dehst sto sille
Durch die Wochenalbend hin
Stehter Wolk du mondst steh sille
monddurch hinabend
Mut, Herr Gond in Stillewolken
Abends gehst du hin
Meter du wolkst Abendnih.

Kurt Marti
Umgangsformen

Mich ichze ich.
Dich duze ich.
Sie sieze ich.
Uns wirze ich.
Euch ihrze ich.

Sie size ich.
Ich halte mich an die Regeln.

Unbekannter Verfasser
Der Leichenzehrer

In dem Grinderhunde
einer Grappelpuppe
saß ein merschwütiger Leichenzehrer
(auch: Mulscheister)
und malte die Rattenschisse
seiner freligen Sau,
die auf einem Hosenrügel saß
und an einem Schiletfürzchen arbeitete.
(auch: die bei einem Stelzenfurze
ums Leben gekommen war)

Joachim Ringelnatz
Gedicht in Bi-Sprache

Ibich habibebi dibich,
Lobittebi, sobi liebib.
Habist aubich dubi mibich
Liebib? Neibin, vebirgibib.

Nabih obidebir febirn,
Gobitt seibi dibir gubit.
Meibin Hebirz habit gebirn
Abin dibir gebirubiht.

Unbekannter Verfasser
Großus Bärus

In des Waldes tiefsten Gründen
Ist ein großer Bär zu finden.
In des Waldes tiefstus Gründus
Ist ein großus Bärus findus.
In des Waldchim tiefstchim Gründchim
Ist ein großchim Bärchim findchim.
In des Waldoli tiefstoli Gründoli
Ist ein großoli Bäroli findoli.
In des Waldlatsch tiefstlatsch Gründlatsch
Ist ein großlatsch Bärlatsch findlatsch.

Niémetz Lenau Ferencz Miklos
Magyarisches Schilflied

In dos Daich, das regungslose,
Schaugt dos ungorische Mond,
Glaichsam steckend saine Nose
In ain Glos – ist so gewohnt!

Wondelt Hirsch vorbai on Higerl,
Nocht ist etwos dunkel zwor,
Ober Hirsch ist stolz wie Gigerl –
Hirsch ist eben: Mogyor!

Wann ich seh dos, muß ich sogen:
Dos ist scheen: Teremtete!
Dos geht ainem durch den Mogen
Wie ain haißer Nochtkaffee.

Robert Wolfgang Schnell

Ballade

Es war einmal ein General,
zahllos wie die größte Zahl,
schlängelt' sich so wie ein Aal
von diesem Kral zu jenem Kral.

Dort traf er auch den Generak.
zahklos wie die größte Zahk,
schlängelt' sich so wie ein Aak
von diesem Krak zu jenem Krak.

Beide trafen Generam,
zahmlos wie die größte Zahm,
schlängelt' sich so wie ein Aam
von diesem Kram zu jenem Kram.

Aus den Drei'n stieg Generaz,
zahzlos wie die größte Zahz,
schlängelt' sich so wie ein Aaz
und dann fraß ihn doch die Kaz!

Günter Bruno Fuchs
Nationalhymne der deutschen Toilettenfrau

Des bin ich
eingedenk
und darfis
tägloch
fühlen:
Im deutschen
Manne
wohnt ein
Kind,
das möchte immer
spülen.

Hedwig Rohde
Es wird niemals sein

Die minnigen Schwestern
der grimmigen Brüder
schweigen vom feigen Schusterlein
und dem Fritz im Pech.
Rosendörnchen und Regenswattchen
verwandeln den Krötenkaiser
in einen Entenknecht.
Das Feuerstilzchen
ist noch kein Rumpenputtel.
Hänsel mir die Gretel nicht,
der Suchfisch tischt das Decklein,
Herr Unholle knüppelt das Säcklein,
und wenn sie geboren sind,
sterben sie erst morgen.

Kurt Sigel

Märchen

Schneeputtel Drosselstilzche
hat e Läusefilzche
geerbt vom Rumpelwittche
im Kittche

Des Wittche lechts der Rapunzel
unner die Funzel
die gibts dem Allerleirösche
ins rauhe Heesje
von da kimmts zum Dornweißche

So dreht sichs im Kreische

Was für ein Kerl

halluzinierender tiefschlafbeisitzer
hallo sie tiefeischlafsitzer
sie na tiefsitzbeischläfer
hulla zie tiefschlafeiritzer
luzie ha schlaf tief einkitzler
hu ritzei laaf schiefer
hazie o fietlaaf schiefer
hazie o fietlaaf scheifizzer

Kurt Leonhard
Girk-Lieder

1
Ohne Girko scheint kein Stern,
ohne Girko fließt kein Fluß,
ohne Girko reift kein Korn,
ohne Girko ragt kein Turm.

2
So girk lacht sie mir heut
wie an dem girksten Tag,
als ihres Girktums Glanz
mir nackt vor Augen lag.

3
Laßt mich girken ohne Ende!
Wann fing ich zu girken an?
Girkend heb ich meine Hände.
Frisch gegirkt, es ist kein Wahn!

4
Klanke zirgu zirgu zirgu
linge mirko girko mir.
Balmei rana tana wana
reitt wü hüll nö höpp teu euch!

5
Klanke mir klanke mir klanke mir
linge euch linge euch linge euch
klanke linge
klanke linge
klanke linge girko girko
klanke linge girko uns!

6
Girko rana
girko mir –
girko tana
girko euch –
girko wana
girko uns.
Girko uns –
girko:
girk . . .

Friedrich Hoffmann
Spatzensalat

Auf dem Kirschbaum Schmiroschmatzki
saß ein Spatz mit seinem Schatzki,
spuckt die Kerne klipokleini
auf die Wäsche an der Leini.
Schrie die Bäurin Bulowatzki:
»Fort ihr Tiroteufelsbratzki!«
Schrie der Bauer Wirowenski:
»Wo sind meine Kirschokenski?
Fladarupfki! Halsumdratski!
Hol der Henker alle Spatzki!«

Josef Guggenmos

O unberachenbere Schreibmischane

O unberachenbere Schreibmischane,
was bist du für ein winderluches Tier?
Du tauschst die Bachstuben günz nach Vergnagen
und schröbst so scheinen Unsinn aufs Papier!

Du tappst die falschen Tisten, luber Bieb!
O sige mar, was kann da ich dafür?

Oskar Huth

Neues Doppel-Saalelied

An der Doppelsaale
hellem Doppelstrande
stehen Doppelburgen
stolz und doppelkühn.

Ihre Doppeldächer
sind verfallen,
und der Wind
streicht durch die Doppelhallen.

Doppelwolken
ziehen drüber hin.

Fred Endrikat
Die Wühlmaus

Die Wühlmaus nagt von einer Wurzel
das W hinfort, bis an die -urzel.
Sie nagt dann an der hintern Stell'
auch von der -urzel noch das l.

Die Wühlmaus nagt und nagt, o weh,
auch von der -urze- noch das e.
Sie nagt die Wurzel klein und kurz,
bis aus der -urze- wird ein -urz--.

Die Wühlmaus ohne Rast und Ruh
nagt von dem -urz-- auch noch das u.
Der Rest ist schwer zu reimen jetzt,
es bleibt zurück noch ein --rz--.
Nun steht dies --rz-- im Wald allein.
Die Wühlmäuse sind so gemein.

Elisabeth Stiemert
Der Flohumizidadomus

Ein Flohumizidadomus
fuhr neulich mit dem Omnibus.
Und in dem Bus kam ihm, o Schreck,
sein »mus« am Ende plötzlich weg.

Vielleicht nahm es ein Taschendieb?
Wer weiß es. – Das, was übrigblieb,
ging baden dann im fernen Nil.
Da fraß sein »do« ein Krokodil.

Nun stand der Flohumizida
allein im heißen Afrika.
Und als er dachte: Was wird jetzt?
Da kam ein Löwe angehetzt.

Riß auf sein Maul, er brüllt: Uaaah!
Packt roh den Flohumizida,
der reißt sich los – entflieht – ein Glück!
Zurück blieb nur das letzte Stück.

Der Löwe fraß das Stückchen »da«
genüßlich auf in Afrika.
Der Rest wollt wieder zu uns her,
flog übers große Mittelmeer.

Da rief das »zi« am Ende: »Fein!
So blaues Wasser, ich will rein!«
Es riß sich los und sprang sodann,
nur Flohumi kam bei uns an.

Mitleidig sah er, wie ein Kind
das »i« vergaß im Wörtchen »Wind«.
Sofort gab unser Flohumi
dem Kind sein allerletztes »i«.

Der Flohum wollte keinen Dank.
Er hatte Geld auf seiner Bank.
Da kam ein Räuber und macht: Bum!
Nahm ihm sein Geld und auch das »um«.

Der Floh war arm und nun sehr klein.
Er dachte: Es wird besser sein,
ich bleib' aus dem und diesem Grund
im Fell versteckt bei einem Hund.

Hildegard Wohlgemuth

Drei Damen gehen in eine Konditorei

Die erste hat großen Hunger auf einen
Mohrenkopf.
Sie pickt in die Sahne.
Die zweite leckt Eis.
Ihre Zunge friert.
Die dritte rührt in der Tasse.
Der Zucker schmeckt.
Zum Schluß trinken sie Likör,
purzeln die Steige hinunter
und drehen diesen Bericht:

Drei Konditoreien gehen in eine Dame.
Die erste hat einen großen Mohrenkopf
auf Hunger.
Sie sahnt in die Picke.
Die zweite eist Leck.
Ihre Friere zungt.
Die dritte taßt in der Rühre.
Der Schmecker zuckt.
Zum Likör trinken sie Schluß,
steigen die Purzel hinunter
und berichten diesen Dreh.

Dieter Brembs

Das Drachenabeceh

Akumander
Blomotram
Claculac
und **D**aschitil
fraßen oft und fraßen viel,
Echogröl
und **F**amofax
lutschten gern
auch Bienenwachs.
Gnoloton, **H**ydraulolux
sind die zwei
mit Riesenwuchs.
Imipril
und **J**odelschodel,
Knastor
und auch **L**ummerlatt
wurden montags
selten satt,
Muckschluck.
Nasch
und **O**xoho
hatten einen
grünen Po.
Plumulum
Quülliwam
plantschten
sonntags
gern im Schlamm.
Rätscheltätschel
und **S**chulu
schauten dabei
lieber zu.
Töckmöck,
Umpf und **V**alotrom,
Wammelwusch
und **X**acholon
gaben von sich
manchen Ton,
Ysoprül
und **Z**ammelzot
stellten sich auch
gerne tot.

Dr. Seuss

Too Many Daves

Did I ever tell you that Mrs. McCave
Had twenty-three sons and she named them all Dave?
Well, she did. And that wasn't a smart thing to do.
You see, when she wants one and calls out, "Yoo-Hoo!
Come into the house, Dave!" she doesn't get one.
All twenty-three Daves of hers come on the run!
This makes things quite difficult at the McCaves'
As you can imagine, with so many Daves.
And often she wishes that, when they were born,
She had named one of them Bodkin Van Forn
And one of them Hoos-Foos. And one of them Snimm.
And one of them Hot-Shot. And one Sunny Jim.
And one of them Shadrack. And one of them Blinkey.
And one of them Stuffy. And one of them Stinkey.
Another one Putt-Putt. Another one Moon Face.
Another one Marvin O'Gravel Balloon Face.
And one of them Ziggy. And one Soggy Muff.
One Buffalo Bill. And one Biffalo Buff.
And one of them Sneepy. And one Weepy Weed.
And one Paris Garters. And one Harris Tweed.
And one of them Sir Michael Carmichael Zutt
And one of them Oliver Boliver Butt
And one of them Zanzibar Buck-Buck McFate . . .
But she didn't do it. And now it's too late.

Dr. Seuss

Zu viele Fritze

Habe ich euch schon erzählt, daß Frau Britz
dreiundzwanzig Söhne hatte, und jeden nannte sie Fritz?
Ja, das tat sie. Und es ging nicht immer so einfach zu.
Ihr seht, wenn sie einen wollte und sie rief »Ju-Hu!
Fritz, komm nach Hause!« – kam nicht einer gerannt,
sondern dreiundzwanzig Fritze stürmten durchs Land.
Das machte das Leben schwer für Frau Britz,
ihr könnt es euch denken, bei sovielmal Fritz.
Oft wünschte sie, sie hätte, als diese geboren,
den einen anders genannt, etwa Pfriemel van Horen
und einen von ihnen Mus-Fuß, den anderen Schwimm
und einen von ihnen Stuß-Schuß oder Sonnen-Jim
und den einen Schnappsack und den anderen Blinkie
und den einen Quatschpack und den anderen Stinkie
und den einen Putt-Putt, den anderen Mondspatz
und den einen vielleicht Luftballonrundfratz
und einen von ihnen Dickie und den anderen Suff
oder Buffalo Bill und Biffalo Buff
den einen vielleicht Schnappsie und den anderen Flappsie
oder Klein-Klappsie und Dixeldax-Trappsie
und dann noch einen Kaputti-Kaputt
und einen Oliver-Boliver-Babbelschnutt
und den einen von ihnen noch Distelpaket
– doch sie tat's nicht, und jetzt ist's zu spät.

(Nachdichtung von Hans Adolf Halbey)

Hanz Manz

Achterbahnträume

8
W8soldaten
bew8en
W8eln in Sch8eln
und d8en:
»Auf der W8
um Mittern8,
werden Feuer entf8
und die W8eln
geschl8et.
Wir haben lange genug geschm8et.«

»8ung«,
d8en die W8eln,
»Wir öffnen mit Sp8eln,
die Sch8eln,
denn der Verd8,
daß man uns hinm8,
ist angebr8«,
und entflogen s8,
abends um
8

Peter Härtling
Dem Fabelzahn

der uns so höhnisch umgekehrt:
der schnabelhut
der fabelzahn
hat von sich selbst so lang gezehrt
im untermut
im überwahn,
daß er verzog
daß er verging
und auch noch log
als man ihn hing.

Hans Adolf Halbey
Pampelmusensalat

Bei der Picknickpause in Pappelhusen
aß Papa mit Paul zwei Pampelmusen.
Doch bei dem Pampelmusengebabbel
purzelte plötzlich der Paul von der Pappel
mit dem Popo in Papas Picknickplatte,
wo Papa die Pampelmusen hatte.
»O Paul«, schrie Papa, »du bist ein Trampel!
Plumpst mitten in meine Musepampel –
ich wollte sagen: in die Mampelpuse ––
nein: Pumpelmase – nein: Pampelmuse!!«
Das gab vielleicht ein Hallo!
Die Pappeln, der Papa, der Paul und sein Po,
das Picknick, die Platte (um die war es schad') –
das war ein Pampelmusensalat!

John Lennon

die sündige sacknas

leise leise tritt der mungel
dünner dorn benehmstrass ein
wer kann sagen wo er wart
könn wir so vollkommen sein?
mit Unsrer sündgen sacknas?

der mungel pilgrimmt in die fern
ein religondel für die welt
manch einer in den gassenrand
oder auf mätschen fällt
mit ihrer sündgen sacknas!

der mungel spricht heut nacht um acht
sein wort ist klar und tönig
er segnet uns grünkniestrumpfpack
und unsern judenkönig
(mit ihrer sündgen sacknas)

gelobtes mädchenzottelkraut
espressodielenwahn
gelobter laib den er verzehrt
mit flammendem goldzahn
gib uns Unsre sündige sacknas!

segne auch unsere blödchen
noch ist die wildsau wunderschön
doch wenn ich lastbebürdet schwanke
spüre ich sie und stöhn
mein eigen sündig sacknas

noch ist es UNSRE sacknas nicht
noch lüstern und schmutzhand
spricht mungels staatliche gestalt
sind wir verdammt zur band
und auch deine sündige sacknas

gib unser täglich maß
mungel wo du auch seist
ein bock vielfältig bunt
entwirrt hienieden und verschleißt
und verschon uns mit DEINER SÜNDGEN
SACKNAS!

(Nachdichtung von Helmut Kossodo)

Kurt Schwitters

Kleines Gedicht für große Stotterer

Ein Fischge – fisch, ein Fefefefefischgerippe
Lag auf der auf, lag aaaa auf der Klippe,
Wie kam es kam, wie kekekam, wie kam es
Dahin, dahin, dahin?

Das Meer hat Meer, das Mememeer, das hat es
Dahin, dahin, dahingespület.
Da llllllllllliegt es liegt, da llllliegt, da lliegt es
Sehr gut, sogar sehr gut.

Da kam ein Fffffisch, ein Fisch, ein Ffffffffffffüt,
ffffffffischer.

Der frischte fischte frische Fische.
Der nahm es, nahm, der nahm, der nahm es.
Hinweg. Der nahm es weg.

Nun llllllllllllliegt die, liegt, nun llliegt die
Klippe
Ganz oooooooohne Fffischge, fischgeripppe,
Im, weiten, weweweit im Weltenmeere,
So nackt, so fufufurchtbar nackt.

Schüttelreime

Es klapperten die Klapperschlangen,
bis ihre Klappern schlapper klangen.

Curt Peiser

Willst du die Frau dir nur durch Scherze küren,
wird sich von dir bald jede Schürze kehren.
So wirst du nie der Liebe Kerze schüren,
mußt heimwärts dich in Kürze scheren.

Rudolf Alexander Schröder

... hohen Ehrgeiz schwicht er dann:
Die Gans wird nie zum Dichterschwan.
Ihr kräht auf eurer Kripp', o Hähne,
Und tränkt Ihr zehnmal Hippokrene.
So hilft's auch nicht dem schwanken Witze:
Er klimmt, ob er ohn' Wanken schwitze
Und Beulen, Striem und Stippen kaufe,
Doch nie zum Hohen-Kippen-Staufe.
(Ende eines Gedichts an Anton Kippenberg)

Drei Anmerkungen von Benno Papentrigk

(Anton Kippenberg)

Warum sie im Theater Kleist geben?
Sie wolln ans Haus die Marke Geist kleben.

Ihr Freunde, haltet mit Symbolen Haus,
Sie sind ein Zeichen oft des hohlen Baus.

Und wäre auch das Rassische klar,
So bliebe doch das Klassische rar.

(während des »Dritten Reichs«)

Franz Mittler

Wenn du was mit der Lucy hast,
Sich schenken einen Hut sie laßt.
Auf Schnitzel mit Salat sie hust',
Doch auf Champagner hat sie Lust.

(Aus den Schütteleien in Amerika abgeluchst):

Of all who tried to climb the Everest,
I'm the cleverest.
What would you say, if you saw a cow hairless?
How careless!

C. Palm-Nesselmanns
(Clemens Plassmann)

Die Tintenmenschen, die ihr Leben lang nach Akten
fahnden,
wenn sie doch endlich etwas von den Fakten ahnten
(dieses Epigramm dann höflich berichtigend)
Die Tintenmenschen hissen stolz auf ihren Akten Fahnen.
Sie werden niemals etwas von des Lebens Fakten ahnen.

(Dazu, beiseite):
T ist nun mal mitnichten D.
So kannste doch nich dichten, nee.

»Das größte aller Meisterstücke
der Schöpfung ist der Steiß der Mücke.«
Ich kenne einen stillen Greis,
der preist noch mehr den Grillensteiß.

Wilhelm Pinder

Den Arm um sie geschlungen zag,
fragt er mit sanftem Zungenschlag:
»Was war das für ein Schlangenzug,
der mich in deine Zangen schlug?«

Lothar Selow

Frühling

Der Schnee in meiner Stube taut,
der Senf sich in der Tube staut.
Der Apfel fällt, die taube Stut'
fragt, was der Spatz im Staube tut.

Minnesangs Frühling

Der Minnesänger Fleider ließ
nichts aus. Er sang vom Flieder leis.
Sein Wams war warm, doch leider, Vlies
beflügelt seinen Liederfleiß.

Doch da man ihn nicht weiter ließ
am Zaun, wohin die Leiter wies,
so sang er beim Gewitter leis
die Fliederlieder literweis'.

Unfall im Gebirge

Wenn ich kletternd hin zum Sohne eile,
wetze ich mir ab die eine Sohle.
Hoch am Felsen stehen seine Ole-
anderbüsche, die er ohne Seile
kaum erreichte. Darum so'ne Eile.

Lothar Selow

Lynchjustiz

Wer will die Schuld von diesem Vater testen?
Zwar, in das Herz des Sohnes tat er festen
und guten Geist. Doch die den Täter faßten,
erkannten, wie vergeblich Väter tasten.
Gleichviel, die scharfen Schergen taten später
Gift ins Getränk dem Gartenspaten-Täter.

Sommerfahrt

Die Hitze fast den Wagen grillt,
die Maid, um Luft zu kriegen, wallt,
indem sie in den Kragen wild,
in meinen, sich beim Wiegen krallt.

Riesenliebe

Wo immer ich den Riesenleib
im Gras an meiner Liesen reib,
stets spüre ich am leisen Rieb:
Mit mir hat sie das Reisen lieb.

Einmal kam ein Gewitter leis,
der Regen fiel fast literweis.
Zum Laubdach ich, der Leiter, wies
und sprach: Wir machen weiter, Lies!

So halte ich bei Liesen Rast,
und sie genießt des Riesen Last.
Ihr andern, wie wir lasen, rißt
gleich aus. Euch fehlt die Rasenlist.

Erich Mühsam
(auf einen Mädchenvornamen)

Das war das Fräulein Liebetraut,
Das an den Folgen einer Traube litt.
Quälend rumorten ihre Triebe laut,
Weshalb sie schnell in jene Laube tritt.

Eugen Roth
Geschütteltes

Du sollst dein krankes Nierenbecken
Nicht mit zu kalten Bieren necken.

Auch müßtest du bei Magenleiden
Den Wein aus sauren Lagen meiden.

Glaub nicht, daß alle Zungen lügen,
Die warnen vor den Lungenzügen.

Auf Pille nicht noch Salbe hoff,
Wer täglich dreizehn Halbe soff.

Wer kann mit frohem Herzen schmausen,
Wenn tief im Stockzahn Schmerzen hausen?

Du spürst der ganzen Sippe Groll
Die pflegen dich bei Grippe soll.

Statt jeden, der noch lacht, zu neiden,
Am Neid dann Tag und Nacht zu leiden,
Sich Kummer, weil man litt, zu machen:
Ists besser, selbst gleich mitzulachen.

Kettenreime

Joggeli wott go Birli schüttle

Joggeli wott go Birli schüttle,
Birli wänd nid falle.
Do schickt de Meischter s Hündli us,
es söll go Joggeli biße.
Hündli wott nid Joggeli biße,
Joggeli wott nid Birli schüttle,
Birli wänd nid falle.

Do schickt de Meischter s Chnebeli us,
es söll go s Hündli haue.

Chnebeli wott nid Hündli haue,
Hündli wott nid Joggeli biße,
Joggeli wott nid Birli schüttle,
Birli wänd nid falle.

Do schickt de Meischter s Fürli us,
es söll go s Chnebeli brönne.

Fürli wott nid Chnebeli brönne,
Chnebeli wott nid Hündli haue,
Hündli wott nid Joggeli biße,
Joggeli wott nid Birli schüttle,
Birli wänd nid falle.

Do schickt de Meischter s Wässerli us,
es söll go s Fürli lösche.

Wässerli wott nid Fürli lösche,
Fürli wott nid Chnebeli brönne,
Chnebeli wott nid Hündli haue,
Hündli wott nid Joggeli biße,
Joggeli wott nid Birli schüttle,
Birli wänd nid falle.

Do schickt de Meischter s Chälbli us,
es söll go s Wässerli sufe.

Chälbli wott nid Wässerli sufe,
Wässerli wott nid Fürli lösche,
Fürli wott nid Chnebeli brönne,
Chnebeli wott nid Hündli haue,
Hündli wott nid Joggeli biße,
Joggeli wott nid Birli schüttle,
Birli wänd nid falle.

Do schickt de Meischter de Metzger us,
er söll go s Chälbli stäche.

Metzger wott nid Chälbli stäche,
Chälbli wott nid Wässerli sufe,
Wässerli wott nid Fürli lösche,
Fürli wott nid Chnebeli brönne,
Chnebeli wott nid Hündli haue,
Hündli wott nid Joggeli biße,
Joggeli wott nid Birli schüttle,
Birli wänd nid falle.

Do goht de Meischter sälber us,
und foht a resonniere.
Metzger wott jetz Chälbli stäche,
Chälbli wott jetz Wässerli sufe,
Wässerli wott jetz Fürli lösche,
Fürli wott jetz Chnebeli brönne,
Chnebeli wott jetz Hündli haue,
Hündli wott jetz Joggeli biße,
Joggeli wott jetz Birli schüttle,
Birli wänd jetz falle.

Rose Bonne

I know an old lady

I know an old lady who swallowed a fly;
I don't know why she swallowed a fly!
I guess she'll die!

I know an old lady who swallowed a spider
That wriggled and wriggled and tickled inside her;
She swallowed the spider to catch the fly,
But I don't know why she swallowed the fly!
I guess she'll die!

I know an old lady who swallowed a bird,
Now how absurd, to swallow a bird!
She swallowed the bird to catch the spider,
That wriggled and wriggled and tickled inside her;
She swallowed the spider to catch the fly,
But I don't know why she swallowed the fly!
I guess she'll die!

I know an old lady who swallowed a cat,
Now fancy that, to swallow a cat!
She swallowed the cat to catch the bird,
She swallowed the bird to catch the spider,
That wriggled and wriggled and tickled inside her;
She swallowed the spider to catch the fly,
But I don't know why she swallowed the fly!
I guess she'll die!

I know an old lady who swallowed a dog,
My what a hog, to swallow a dog!
She swallowed the dog to catch the cat,
She swallowed the cat to catch the bird,
She swallowed the bird to catch the spider,

That wriggled and wriggled and tickled inside her;
She swallowed the spider to catch the fly,
But I don't know why she swallowed the fly!
I guess she'll die!

I know an old lady who swallowed a goat,
Just opened her throat, and in walked the goat!
She swallowed the goat to catch the dog,
She swallowed the dog to catch the cat,
She swallowed the cat to catch the bird,
She swallowed the bird to catch the spider,
That wriggled and wriggled and tickled inside her;
She swallowed the spider to catch the fly,
But I don't know why she swallowed the fly!
I guess she'll die!

I know an old lady who swallowed a cow,
I don't know how she swallowed a cow!
She swallowed the cow to catch the goat,
She swallowed the goat to catch the dog,
She swallowed the dog to catch the cat,
She swallowed the cat to catch the bird,
She swallowed the bird to catch the spider,
That wriggled and wriggled and tickled inside her;
She swallowed the spider to catch the fly,
But I don't know why she swallowed the fly!
I guess she'll die!

I know an old lady who swallowed a horse!
She's dead, of course!

Hans P. Schaad

s Chly Mandli

Chlyne Maa, wo chunsch du her?
  He – vo de blaue Berge!
Worum bisch dänn du so chly?
  Bi nüd chly – han e Frau.
Das isch au guet.
  Gar nüd guet, si isch mer gstorbe.
Das isch jetz au schaad.
  Gar nüd schaad, han es Huus von eren überchoo.
Das isch au guet.
  Gar nüd guet, es isch mer abbränt.
Das isch jetz au schaad.
  Gar nüd so schaad, s hett mer dänn
  en fäisse Chabisblätz ggee.
Das isch jetz au guet.
  Gar nüd so guet, d Hase hämer de Chabis gfrässe.
Das isch jetz au schaad.
  Gar nüd so schaad, i ha si verschosse.
Das isch jetz au guet.
  Gar nüd so guet, i ha mer di lingg Hand abgschosse.
Das isch jetz au schaad.
  Gar nüd so schaad –
  jetz bruuch i nu äin Häntsche.

Hans P. Schaad

Der kleine Mann

(Hochdeutscher Text)

Kleiner Mann, wo kommst du her?
Halt von den blauen Bergen.
Warum bist du denn so klein?
Bin nicht klein, hab eine Frau.
Das ist gut.
Nicht so gut, sie ist gestorben.
Das ist aber schad.
Nicht so schad, ich hab ihr Haus geerbt.
Das ist gut.
Nicht so gut, es ist abgebrannt.
Das ist aber schad.
Nicht so schad, hab mir dort schönen Kohl gepflanzt.
Das ist gut.
Nicht so gut, die Hasen haben ihn gefressen.
Das ist aber schad.
Nicht so schad, habe sie alle totgeschossen.
Das ist gut.
Nicht so gut, hab dabei meine linke Hand getroffen.
Das ist schad.
Nicht so schad . . .
Jetzt brauch' ich nur noch *einen* Handschuh!

Wortreihen

Hottentotten...

Wie Ihnen vielleicht bekannt sein dürfte, gibt es im Hottentottenlande das »Känguruh« oder die »Beutelratte«. Besagte Beutelratte pflegt man in Gattern, genannt Kotter, aufzubewahren, welche mit Lattengitter- und Wetterschutzvorrichtungen versehen sind. Man nennt sie infolgedessen Lattengitterwetterkotter und die Beutelratten, die man darin aufbewahrt, die Lattengitterwetterkotterbeutelratten. Nun lebte im Hottentottenlande eine Hottentottenmutter, welche zwei Kinder hatte, die stotterten und an Trottolosis litten; man nannte sie infolgedessen Hottentottenstottertrottelmutter. Auf besagte Hottentottenstottertrottelmutter wurde ein Attentat verübt, man nannte den Attentäter den Hottentottenstottertrottelmutterattentäter. Besagter Hottentottenstottertrottelmutterattentäter wurde jedoch gefangengenommen und in ein Lattengitterwetterkotter gesperrt, in dem sich eine Lattengitterwetterkotterbeutelratte befand. Nach einiger Zeit kniff die Lattengitterwetterkotterbeutelratte aus, und wiederum nach einiger Zeit meldete sich auf dem Bürgermeisteramt ein Mann und sagte: »Herr Bürgermeister, ich habe die Beutelratte gefangen.« – »Ja, *welche* Beutelratte haben Sie denn gefangen?« – »Herr Bürgermeister, ich habe die Beutelratte gefangen, die in dem Lattengitterwetterkotter saß, in dem der Hottentottenstottertrottelmutterattentäter gefangen war.« »Ach so«, sagte der Bürgermeister, »da haben Sie also die Hottentottenstottertrottelmutterattentäterlattengitterwetterkotterbeutelratte gefangen? Nun, dann nehmen Sie hier die Hottentottenstottertrottelmutterattentäterlattengitterwetterkotterbeutelrattenfangprämie in Empfang und gehen Sie befriedigt nachhause.«

Thema mit Variationen

Wenn der Mops mit der Wurst übern Spucknapf springt
und der Storch in der Luft den Frosch verschlingt.

Wenn der Storch mit dem Mops übern Spucknapf springt
und der Frosch in der Luft die Wurst verschlingt.

Wenn der Mops mit dem Frosch übern Spucknapf springt
und der Storch in der Luft die Wurst verschlingt.

Wenn der Frosch in der Luft übern Spucknapf springt
und der Storch mit dem Mops die Wurst verschlingt.

Wenn der Mops mit dem Spucknapf übern Storch
wegspringt
und die Wurst in der Luft den Frosch verschlingt.

Wenn der Frosch mit der Wurst übern Spucknapf springt
und der Storch in der Luft den Mops verschlingt.

Wenn die Luft mit dem Storch übern Spucknapf springt
und der Frosch mit der Wurst den Mops verschlingt.

Wenn die Wurst mit dem Frosch übern Spucknapf
springt
und der Mops in der Luft den Storch verschlingt.

Wenn der Storch sich selbst in der Luft verschlingt
und der Frosch mit dem Spucknapf übern Mops
wegspringt.

Wenn der Mops in der Luft den Spucknapf schlingt
und der Storch mit der Wurst übern Frosch wegspringt.

Wenn der Storch übern Mops und die Wurst wegspringt
und der Frosch im Spucknapf die Luft verschlingt.

Wenn der Frosch mit dem Mops in der Luft wegspringt
und der Storch den Spucknapf mit der Wurst verschlingt.

Wenn der Spucknapf mit der Wurst übern Frosch
 wegspringt
und der Storch in dem Mops die Luft verschlingt.

Wenn der Frosch in der Luft den Storch verschlingt
und die Wurst übern Spucknapf und den Mops
 wegspringt.

Wenn der Mops mit der Wurst übern Spucknapf springt
und der Storch in der Luft den Frosch verschlingt.

Ernst Jandl
ottos mops

ottos mops trotzt
otto: fort mops fort
ottos mops hopst fort
otto: soso

otto holt koks
otto holt obst
otto horcht
otto: mops mops
otto hofft

ottos mops klopft
otto: komm mops komm
ottos mops kommt
ottos mops kotzt
otto: ogottogott

Rudolf Neumann

Reif

Der Vogel Greif
griff einen Reif
und trug ihn flugs in seinem Griff
zu einem Riff.

Den Reif zum Riff,
zum Riff den Reif;
Der Vogel Greif!

Doch in der Nacht noch fiel ein Reif.

Fiel auf den Greif,
fiel auf sein Riff,
fiel auf den Reif, den er ergriff.

Reif auf Riff.
Greif auf Riff.
Reif auf Reif.
Reif auf Greif.
Reif auf Reif auf Riff.
Reif auf Greif auf Riff.

Kurz, ihr begreift:
alles bereift.

Hubert Fichte

Frohe Festtage

Wenn die Weihnachtsmaenner –
wie Weihnachten
die Hausfraun sagen –
umgepreßte Osterhasen
sind;
dann sind
Ostern
die Osterhasen
umgepreßte
Weihnachtsmaennerosterhasen
und in Wirklichkeit
Weihnachten
die Weihnachtsmaennerosterhasenweihnachtsmaenner
umgepreßte
Osterhasenweihnachtsmaennerosterhasenweihnachts-
maenner.

O weh!
Der Osterhase hat einen Weihnachtsmann in den Ohren;
dem Weihnachtsmann wird das Fell über den Sack
gezogen.

Ernst Jandl

falamaleikum
falamaleitum
falnamaleutum
fallnamalsooovielleutum
wennabereinmalderkrieglanggenugausist
sindallewiederda.
oderfehlteiner?

Hans Baumann
Gepappel

Pappeln
pappeln
nur, wenn der Wind weht.
Pappeln
pappeln
nicht, wenn kein Wind weht.
Aber auch dann nennt man
Pappeln Pappeln.

Helmut Heißenbüttel
Sprech-Wörter

	&				
die Gegend					
die		da	wo		
die Gegend	&		wo		
die		da	wo		Quatsch
	&		wo		Quatsch
					Quatsch
Gegend	&	ach	wo	denn	
Gegend				denn	Quatsch
Gegend	&				
die			wo	denn	
		ach	wo	denn	

Ernst Jandl

12 blumenbein

ich sein blumenbein
du nicht verstehn
ich sein blumenbein
bein ich sein für blumen

ich nicht sein stiel
ich nicht sein stengel
ich nicht sein wurzel
ich nicht sein lilienengel

ich sein ein stehn
ich sein ein gehn
ich sein ein hinsetzen
ich sein ein liegen zum letzten

ich sein blumenbein
du nicht verstehn
ich sein blumenbein
bein ich sein für blumengehn

mal franz mal anna (drama)

(akt)
anna an franz:
    anbrannt
franz an anna:
    fasttag

(akt)
anna an franz:
    hals kalt
franz an anna:
    schal

(akt)
anna an franz:
    bald alt
franz an anna:
    warts ab

(akt)
anna:
    [kratzt ab]
franz:
    schad

Dieter Wyss
Die polizei

Die polizei
hei hei
die polizei
die zeilipop
ziz ziz
zilillipop
pi piloz i
zolipipi
poplozipop
hei hei
die polizei
die polizei
zeizizili
polizpopi
ei zolipei
peizi popei
die polizei
zei zei
hei hei
die polizei
vorbei.

Wolfgang Hädecke

Die Kunst der Fuge

(Hoffmann von Fallersleben gewidmet)

häns chen klein
ging al lein
häns chen ging
klein al lein
häns al lein
klein chen ging
ging al lein
klein chen häns
ging chen häns
klein al lein
klein lein ging
häns chen al
al klein häns
ging chen lein
lein chen häns
al klein ging
klein chen lein
ging al häns
al chen klein
häns lein ging

Raoul Hausmann

Apfelmus

Der Stamm fällt weit vom Apfel
Der Fall stammt vom weiten Apfel
Der weite Apfel fällt vom Stamm –
Der Apfel ist im Stamm
Der Stamm ist im Fall
Der Stamm des Apfels fällt
Der Fall, der Stamm, der Apfel:
Das Apfelmus.
Der Fall.
Das Fallapfelmus.

Viel Tierisches

Tom Hood

He dreamt that he saw the Buffalant,
And the spottified Dromedaraffe,
The blue Camelotamus, lean and gaunt,
And the wild Tigeroceros calf.

The maned Liodillo loudly roared,
And the Peccarbok whistled its whine,
The Chinchayak leapt on the dewy sward,
As it hunted the pale Baboopine.

He dreamt that he met the Crocoghau,
as it swam in the Stagnolent Lake;
But everything that in dreams he saw
Came of eating too freely of cake.

Lewis Carroll

He thought he saw a Rattlesnake
That questioned him in Greek:
He looked again, and found it was
The Middle of Next Week.
"The one thing I regret", he said,
"Is that it cannot speak!"

Edward Lear

The Quangle Wangle's Hat

On top of the Crumpetty Tree
The Quangle Wangle sat,
But his face you could not see,
On account of his Beaver Hat.
For his hat was a hundred and two feet wide,
With ribbons and bibbons on every side,
And bells, and buttons, and loops, and lace,
So that nobody ever could see the face
Of the Quangle Wangle Quee.
The Quangel Wangle said
To himself on the Crumpetty Tree:
"Jam; and jelly; and bread;
Are the best of food for me!
But the longer I live on the Crumpetty Tree,
The plainer than ever it seems to me
That very few people come this way,
And that life on the whole is far from gay!" Said the
Quangle Wangle Quee.
But there came to the Crumpetty Tree
Mr. and Mrs. Canary;
And they said, "Did ever you see
Any spot so charmingly airy?
May we build a nest on your lovely Hat?
Mr. Quangle Wangle, grant us that!
O please let us come and build a nest
Of whatever material suits your best,
Mr. Quangle Wangle Quee!"
And besides, to the Crumpetty Tree
Came the Stork, the Duck, and the Owl;
The Snail and the Bumble-Bee,
The Frog, and the Fimble Fowl
(The Fimble Fowl with a corkscrew leg);

And all of them said, "We humbly beg,
We may build our homes on your lovely Hat,
Mr. Quangle Wangle, grant us that!
Mr. Quangle Wangle Quee!"
And the Golden Grouse came there;
And the Orient Calf from the land of Tute,
And the Attery Squash and the Bisky Bat,
All came and built on the lovely Hat
Of the Quangle Wangle Quee.
And the Quangle Wangle said
To himself on the Crumpetty Tree,
"When all these creatures move
What a wonderful noise there'll be!"
And at night by the light of the Mulberry Moon
They danced to the Flute of the Blue Baboon
On the broad green leaves of the Crumpetty Tree,
And all were as happy as happy could be,
With the Quangle Wangle Quee.

Edward Lear

Der Quingelwingelquie

Im Krumpelbaum, in den Blättern, sieh!
da sitzt der Quingelwingel versteckt,
doch den Kopf vom Quingel, den sieht man nie,
den hat der Biberhut bedeckt;
denn der Hut ist gar hundert Meter breit
und hat Knöpfchen und Glöckchen an jeder Seit',
ist mit Spitzen und Litzen und Schleifchen bestickt –
deshalb hat keiner bis jetzt das Gesicht erblickt
vom Quingelwingelquie.
Im Krumpelbaum, auf dem Blätterbett,
denkt der Quingelwingelquie:
»Wenn ich Brot und Gelee und noch Pudding hätt',
gäbe ich gern mein Geld für sie!
Und je länger ich lebe im Krumpelbaum hier,
um so öder und leerer erscheint es mir,
immer weniger Leute gehen vorbei,
und das Leben ist gar zu einerlei –«,
denkt der Quingelwingelquie.
Doch da kamen zum Krumpelbaum in der Früh',
Herr und Frau von Kanarien, lieblich und duftig,
und sie flüsterten zueinander: »Ach sieh,
gab es je einen Platz, so charmant und so luftig?
Dürften wir bauen auf dem reizenden Hut?
Mister Quingelwingel, ach seid so gut!
Gebt uns Platz, bitte, für ein Nest zu zweit,
für das feinste Gebilde weit und breit,
o Mister Quingelwingelquie!«
Und siehe, zum Krumpelbaum liefen sie:
Die Ente, der Storch und die Schnecke,
die Hummel, die Eule und anderes Vieh,
auch der Frosch und das Fimmelhuhn machten die Strecke
(das Fimmelhuhn mit dem Korkzieherbein) –

und alle bettelten: »Laßt uns ein!
Wir wollen bauen im herrlichen Hut,
Mister Quingelwingel, ach seid so gut,
Mister Quingelwingelquie!«
Und das goldene Waldhuhn stolzierte daher
und der Pumps aus der Seifenschaumblase,
auch der kleine Olympia-Bär
und die Buntkuh mit der leuchtenden Nase
und der Blau-Pavian, der spielte die Flöte,
und das Orientkalb aus der Morgenröte,
der Giftwanstfresser, die Fledermausbrut –
sie alle kamen und bauten im Hut
vom Quingelwingelquie.
Und im Krumpelbaum, um Mitternacht,
denkt der Quingelwingelquie:
»Wenn all das Viehzeug jetzt erwacht –
welch prächtigen Lärm machen die!«
Und im heimlichen Schein vom Maulbeermond
tanzten die Tiere zum Flötenton
auf den grünen Blättern, da taumelten sie
heiter beschwingt und so glücklich wie nie
mit dem Quingelwingelquie.

(Nachdichtung von Hans Adolf Halbey)

Thomas Love Peacock

In London-town Dame Trottypeg
Lived high up in a garret,
And with her lived a wee pet Dog,
A tom-cat, and a Parrot.

A cleverer or funnier Dog
I'm sure you never saw;
For, like a sailor, he could dance
A hornpipe on one paw.

And all the while the Doggie danced,
That Pussy-cat was able
Just like a flute to play his tail
Upon the kitchen table.

Heinrich Heine

Der König Wiswamitra

Den König Wiswamitra,
Den treibt's ohne Rast und Ruh',
Er will durch Kampf und Büßung
Erwerben Wasischtas Kuh.

O, König Wiswamitra,
O, welch ein Ochs bist du,
Daß du so viel kämpfest und büßest,
Und alles für eine Kuh!

Heinz Erhardt
Der Wurm

Am Fuß von einem Aussichtsturm
saß ganz erstarrt ein langer Wurm.
Doch plötzlich kommt die Sonn' herfür
erwärmt den Turm und auch das Tier.
Da fängt der Wurm an sich zu regen.
Und heißt jetzt Regenwurm deswegen.

Unbekannter Verfasser
Wassermaus und Kröte

Eine Wassermaus und eine Kröte
Stiegen eines Abends spöte
Einen steilen Berg hinauf.
Sprach die Wassermaus zur Kröte:
»Warum gehst du abends spöte
Diesen steilen Berg hinan?«
Sprach zur Wassermaus die Kröte:
»Zum Genuß der Abendröte
Geh' ich diesen Abend spöte
Diesen steilen Berg hinan.«
Dies ist ein Gedicht von Goethe,
das er eines Abends spöte
Auf dem Sopha noch ersann.

Lewis Carroll
The Mouse's Tale

Fury said to
a mouse, That
he met
in the
house,
»Let us
both go
to law:
I will
prosecute
you. –
Come, I'llo
take no
denial!
We must
have a
trial:
For
really
this
morning
I've
nothing
to do.»
Said the
mouse to
the cur,
»Such a
trial,
dear sir.
With no
jury or
judge,
would be
wasting
our breath.»
»I'll be
judge,
I'll be
jury.»
Said
cunning
old Fury
»I'll try
the whole
cause,
and
condemn
you to
death.»

Lewis Carroll
Mausgericht

Die Wut traf die Maus auf
der Treppe im Haus und sprach:
»Setz dich hin, ich
mach dir den Prozeß.
Komm, ziere dich
nicht, ich will
halten Gericht,
und zwar
schnell, weil ich
es sonst wieder
vergeß.«
Sprach die Maus:
»Gut und schön,
doch ihr werdet
schon sehn,
ohne Richter
und
Zeugen
kommt
dabei
nichts
heraus.«
»Ich zeuge,
ich richt«;
sprach der
listige
Wicht,
»erst
mach
ich
das
Urteil
und
dann dir
den Garaus.«

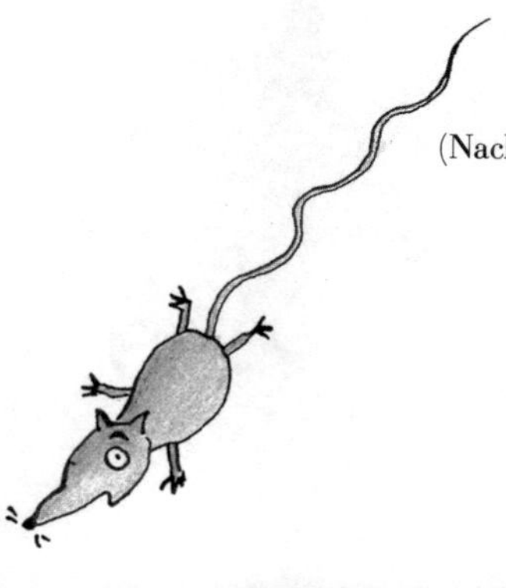

(Nachdichtung von Christian Enzensberger)

Franz Fühmann

Liedchen

In ihr Maushaus
lief die Hausmaus,
doch sie hielt's nicht lang drin aus,
denn im Dreckeck
lag viel Eckdreck,
und das war ein großer Graus.

In dem Wurmturm
ächzt ein Turmwurm,
und er ächzt so schauerlich,
weil der Fuchsluchs
mit dem Luchsfuchs
gestern ums Gemäuer strich.

In dem Zwergberg
sitzt der Bergzwerg,
und er sehnt sich jedes Jahr
nach dem Strandsand
fern am Sandstrand,
wo er mal auf Urlaub war.

Und der Dachslachs
huscht zum Lachsdachs,
den er aus der Schule kennt,
und der Spechthecht
ruft zum Hechtspecht:
Endlich ist das Lied zu End'!

Joachim Ringelnatz

Mein harmlos Lied

In einem Untertäßchen
Voll Schnee und Rosenlikör
Erwachte das kleine Prinzeßchen.

Noch ganz verschlafen und ohne Gehör
Gewahrte sie mit Erröten
Auf ihren niedlichen Brüsten
Sechsundvierzig breite Warzenkröten,
Die sich gegenseitig auf den Podex küßten.
Und schrie, als sie sowas erblickte:
»Pfui Keks!« Woran sie erstickte.

Und nun ist in jeder Zeitung zu lesen:
Sie sei ein großer Schweinigel gewesen.

Kniehang

Ich wollte, ich wär' eine Fledermaus,
Eine ganz verluschte, verlauste,
Dann hing ich mich früh in ein Warenhaus
Und flederte nachts und mauste,
Daß es Herrn Silberstein grauste,
Denn Meterflaus, Fliedermus, Fledermaus –
(es geht nicht mehr; mein Verstand läuft aus).

Fritz Vahle

Stockfisch

Im Grunde
Vom Sunde
Schwimmt ein Kabeljau
Mit seiner Frau.
Sie entdecken ein Kabel.
Machen nicht Nabelschau
Sondern Kabelschau,
Und der Kabeljau schlau
Erzählt eine Fabel
Von diesem Kabel
Der Kabeljau-Frau
In Form der Parabel.
Doch sie sagt nur: »jau«.

Störung

Eine Miesmuschel
Machte mit ihrem Getuschel
Alles mies.
Damit sie dies unterließ,
Schluckte ein Stör sie
Und sagte: ich hör die
Im Magen noch schwätzen.
Bei der Anhörung
– Für mich Stör eine Störung –
Erfaßt mich Entsetzen.
Ich sag' nur noch dies:
Mir wird ganz mies.

Bruno Horst Bull
Seltsame Tiere

Ein Katzer, eine Katerin,
die sahen einen Euler,
der speiste einen Maulewurf
in einem stillen Weiler.

Der Zieger sprach zum Hammelin:
»Ich sah die Hengstin schön
mit ihrem Stuter heute früh
im Wald spazieren gehn!«

Die Stierin und die Eberin,
die trafen einen Sauer,
und sagten ihm: »Geh in den Stall,
sonst holen wir den Bauer!«

Die Hahnin flog aufs Schuppendach
und krähte nach dem Henner. –
Ich glaube, diese Tiere sind
für Schlaue nur und Kenner.

Robert Gernhardt
Welt, Raum und Zeit

In den Köpfen der betagten Katzen
spiegelt sich die Welt in starken Bildern:
Mäusetürme ragen steil ins Blaue,
Nierentische stehn in ihren Hallen,
Leberhaken ragen aus den Wänden,
all das wartet nur auf ihre Tatzen
in den Köpfen der betagten Katzen.

In den hochbetagten Katzenköpfen
gliedert sich der Raum in klare Zonen:
Fauladelphia, Ratzibor und Essen
sind die einz'gen Städte, die sie kennen,
doch Paris liegt für sie an der Sahne,
und die malt sich breit, nicht auszuschöpfen
in den hochbetagten Katzenköpfen.

In den Köpfen der betagten Katzen
Fächert sich die Zeit in reine Takte:
heißt der erste Tag der Woche Mordtag,
Fällt der Sommeranfang in den Jauli,
schreiben wir schon bald das Jahr Zweimausend,
und die Stunden fliehn dahin wie Spatzen
in den Köpfen der betagten Katzen.

Georg Kreisler
Mondlandschaft

Wache Molche suchen leise
nach dem Netz der Müdigkeit.
Weiche Dolche fluchen weise.
Eine Birke steht allein in ihrem Leid.

Kuttenmönche ohne Schatten
schleppen Feigen durch den Schnee.
Die ihn mit Zitrone hatten,
wiederkauen ihren gestrigen Tee.

Eine Kuh und eine Hexe
warten bis der Acker stirbt.
Krähen machen weiße Kleckse.
Hört ihr, wie die mürbe Semmel zirpt?

Werner Pichler
Das faule Känguruh

Ein Gnu sprach einmal: »DU,
du bist 'ne faule Kuh!«
Das Kängu- drauf zum Gnu:
»Laß mir doch meine -ruh!«

Walter Höllerer

Kinderlied, für Florian gegen Wut zu singen

Auf der Bank
Sitzt ein Pfau
Kommt die Frau
Malt ihn blau

Sagt der Pfau
Liebe Frau
Ich bin lieber
Rot als Blau

Kommt ein Kammer-
jäger her
Gibt dem Pfau
ein Gewehr

Wird der Pfau
Puterrot
Schießt den Kammer-
jäger tot

Fährt der Pfau
In einem Boot
Wird der Wannsee
Puterrot

Kriegt der Pfau
Einen Schreck
Springt vom Deck
Und ist weg.

Edwin Bormann

Der alte Marabu

Im Schneegebirge Hindukuh
Da sitzt ein alter Marabu
Auf einem Fels von Nagelfluh
Und drückt das rechte Auge zu.

Weshalb wohl, fragst du, Leser, nu,
Weshalb wohl sitzt der Marabu
Im Schneegebirge Hindukuh
Auf einem Fels von Nagelfluh
Und drückt das rechte Auge zu?

Hab' Dank, o lieber Leser du,
Für dein Interess' am Marabu!
Allein weshalb im Hindukuh
Er drückt das rechte Auge zu
Auf einem Fels von Nagelfluh –
Weiß ich so wenig als wie du!

Christian Morgenstern

Der Rabe Ralf

Der Rabe Ralf
    will will hu hu
dem niemand half
    still still du du
half sich allein
am Rabenstein
    will will still still
        hu hu

Die Nebelfrau
    will will hu hu
nimmts nicht genau
    still still du du
sie sagt nimm nimm
's ist nicht so schlimm
    will will still still
        hu hu

Doch als ein Jahr
    will will hu hu
vergangen war
    still still du du
da lag im Rot
der Rabe tot
    will will still still
        du du

Christian Morgenstern

Das ästhetische Wiesel

Ein Wiesel
saß auf einem Kiesel
inmitten Bachgeriesel.
Wißt ihr,
weshalb?

Das Mondkalb
verriet es mir im stillen:

Das raffinier-
te Tier
tat's um des Reimes willen.

Ernst Klotz

Der Heuschreck

Ein Heuschreck seinen Schreck verlor,
da kam er sich unmöglich vor,
denn dies Gefühl war ihm ganz neu:
Kein Heuschreck mehr, nein, nur noch Heu!
Doch hat dies Heu sich instinktiv
den Schreck, der ihm durchs Rückgrat lief,
gleich hinten wieder angeklebt,
worauf der Heuschreck – weiterlebt!

Peter Hacks

Nachricht vom Leben der Spazoren

Bei Asien gleich querfeldein,
da leben die Spazoren.
Die haben Rüssel wie ein Schwein
und tellergroße Ohren.

Von Tokio bis nach Athen
gibt's keine mehr wie diese.
Man sieht sie bloß spazierengehn
auf einer gelben Wiese.

Sie haben Rosen angebaut
wohl auf dem gelben Rasen.
Sie schnobern am Lavendelkraut
und pflücken's mit den Nasen.

Nie gibt es eine Hungersnot,
und kein Spazor kann kochen:
Sie brauchen gar kein Abendbrot,
wenn sie sich satt gerochen.

Kommt dort einmal ein Regen vor,
vielleicht auf einer Kirmes,
dann heben sie das rechte Ohr
statt eines Regenschirmes.

Und kommt ein harter Winter mal,
und friert das Eis und prickelt,
dann gehn sie, statt in einen Schal,
ins rechte Ohr gewickelt.

So brauchen sie zu darben nicht
und brauchen nicht zu frieren
und gehen, ledig jeder Pflicht,
spazoren, nein: spazieren.

Einst kam ein Doktor hochgelahrt
zum Lande der Spazoren.
Sie wünschten ihm vergnügte Fahrt
und winkten mit den Ohren.

Heinz Erhardt
Rechtschreibung

Delfine schwimmen schnell und leis'
(man schreibt sie mit »ph« – ich weiß;
doch schreibt man ja auch Tele»f«on,
und das bereits seit langem schon) –
sie schwimmen (wie gesagt, mit »f«) –
sie schwimmen – vorn ihr alter Scheff
(wir schreiben schließlich auch »Schofför«) –
sie schwimmen also durch das Meer.

Was heißt durchs »Meer«? – Sogar durch »Meere«!
Und manche altgediente Mähre,
wie überhaupt so manches Ferd
(mit »V« wär es total verkehrt)
glaubt, es sei schnell wie ein Delphien!
(Das zweite »e« ist schlecht für ihn.)

Orthogravieh – das sieht man hier –
ist nicht ganz leicht für Mensch und Tier!

Unbekannter Verfasser

Der Spaziergang im Walde

Zwei Löwen gingen einst selband
In einem Wald spazoren,
Und haben da von Wut entbrannt
Einander aufgezohren.

Da kamen eines Tags daher
des Wegs, zwei Leute, edel,
Die fanden von dem Kampf nichts mehr,
als beider Löwen Wedel.

Daraus geht nun für Groß und Klein
Die weise Lehr' hervor:
»Selbst mit dem besten Freunde dein
Im Walde nie spazor!«

Mira Lobe

Der verdrehte Schmetterling

Ein Metterschling
mit blauen Bügeln
log durch die Luft.
Er wurde einem Computer entnommen,
dem war was durcheinandergekommen:
irgendein Rädchen,
irgendein Drähtchen,
und als man es merkte,
da war's schon zu spätchen.
Da war der Metterschling schon feit wort . . .
wanz geit . . .
Mir tut er leid.

James Krüss

Wenn die Möpse Schnäpse trinken

Wenn die
Möpse
Schnäpse
Trinken,
Wenn vorm
Spiegel
Igel
Stehn,
Wenn vor
Föhren
Bären
Winken,
Wenn die
Ochsen
Boxen
Gehn,
Wenn im
Schlafe
Schafe
Blöken,
Wenn im
Tal
Ein Wal
Erscheint,
Wenn in
Wecken
Schnecken
Stecken,
Wenn die
Meise
Leise
Weint,
Wenn Gi-
raffen
Affen
Fangen,
Wenn ein
Mäuslein
Läuslein
Wiegt,
Wenn an
Stangen
Schlangen
Hangen,
Wenn der
Biber
Fieber
Kriegt,
Dann
Entsteht zwar
Ein Gedicht,
Aber
Sinnvoll
Ist es
Nicht!

Rosemarie Künzler-Behncke

Jeden Abend im April
liegt am Nil ein Krokodil
und verschlingt mit viel Gefühl
neunundneunzig Eis am Stiel.
Neunundneunzig Eis am Stiel
sind es nur, die im April
täglich frißt am fernen Nil
das besagte Krokodil –
hundert wären ihm zuviel.

Jürgen Spohn
Vier . . .

Ein Murmeltier
zum Murmeltier:
Wie wär's mit einem Murmelbier,
gleich hier bei mir?
Ein Murmelbier,
zwei Murmelbier,
drei Murmelbier,
vier . . .

Seither gibt es
bei Murmeltieren
(vom vielen Murmelbierprobieren)
nur Milch und Brot
und – Bierverbot.

Günter Bruno Fuchs

Einstiges Lied

Nun spricht
unser Schnecklein fröhlich am Brückengeländer
die Verse des Laotse,
nun ist jeder Sperling ein singender Mann –
diedeldei.

Auf und davon springen die Koppel der Polizisten,
die Koppel sind tanzende Aale,
sie gleiten weg ins unterirdische Wasser.

Dreispännig
fährt unser Tag am letzten Gefängnis vorbei –
nun fordern
die Zebras ihre gestreiften Kleider zurück.
Die Jäger bauen kein Kirschfängerhaus,
sie binden sich Schulranzen um,
sie lernen fleißig die schöne Litanei
Du Schaf Du Hund Du Kamel
diedeldei

Wir suchen ein Wort
das nur aus Spielen gemacht ist –
die Spiele sind unsere Boten.

Heinz Erhardt
Drei Bären

Ein Brombär, froh und heiter, schlich
durch einen Wald. Da traf es sich,
daß er ganz unerwartet, wie's
so kommt, auf einen Himbär stieß.

Der Himbär rief – vor Schrecken rot –
»Der arme Stachelbär ist tot!
Am eignen Stachel starb er eben!«
»Ja«, sprach der Brombär, »das soll's geben!«
und trottete – nun nicht mehr heiter –
weiter …

Doch als den »Toten« er nach Stunden
gesund und munter vorgefunden,
kann man wohl zweifelsohne meinen:
Hier hat der andre Bär dem einen
'nen Bären aufgebunden!

Unbekannter Verfasser

Höre, hast du's schon vernommen?
Eine Ratte ist über die Ostsee geschwommen.
Ein Schiffer fuhr im Mondenschein
auf Schiefertafeln über den Rhein.
Ein Dieb der stahl ein lahmes Lamm
und eine Henne ohne Kamm
und eine Hacke ohne Stiel
und was ihm sonst im Stall gefiel.

In Stadt und Land, im All und irgendwo

Karl Valentin

Romanze in C-Moll oder Das Lied vom Sonntag

Es war ein Sonntag hell und klar,
Ein Sonntag, wirklich wunderbar,
Der Sonntag war so einzig schön,
Ich hab' nicht leicht an schönern gsehn,
Es geht eim wirklich durchs Gemüt,
Wenn man an solchen Sonntag sieht.
Doch dauerte es gar nicht lang,
Weil bald der Abend kam heran,
Stockfinster wurd es um mich her
Und ich sah keinen Sonntag mehr.

Ein Auto stand an einem Eck
Und fuhr von seinem Platz nicht weg;
Ich tats betrachten hin und her
Und wie von Stein war der Chauffeur.
Es roch auch gar nicht nach Benzin,
Ich griff dann mit dem Finger hin,
Da wurd mir erst die Sache klar,
Daß das nur hingemalen war.
Das Auto, das stand immer stad,
's war nur ein großes Wandplakat.

An der elektrischen Straßenbahn,
Da hängt of hint ein Wagen dran,
Der Wagen, der da hängt daran,
Anhängerwagen heißt er dann.
Er hängt daran nur dann und wann
An der elektrischen Straßenbahn.
Doch hängt er einmal nicht daran,
Was auch sehr oft stattfinden kann,
Dann kann es doch nicht anders sein,
Dann fährt der vordre Wagen allein.

Günter Bruno Fuchs
Behauptungen, 10

Es gibt einen Omnibus,
der fährt täglich
von Hänsel nach Gretel.
Es gibt einen Schaffner,
der jede Hexe gratis mitfahren läßt.
Nach Feierabend
macht er halbe-halbe
mit den Gebrüdern Grimm.

Unbekannter Verfasser
Oder wo

In Fürth oder wo
Hat der Wirt oder wer
Sein Weib oder wen
Derschlagen oder was.

Ernst Jandl
Ausgang

Ich rannte fort und wuchs
von Straßeneck zu Straßeneck,
bis ich als Riese dastand,
den Kirchturm in der Hand.

Ich drehte um, nahm ab,
von Straßeneck zu Straßeneck,
war Zwerg beim Haus und sprang
zur Klinke hoch als Maus.

Edward Lear

When he walks in a waterproof white,
The children run after him so!
Calling out, "He's come out in his night-
Gown, that crazy old Englishman, oh!"

He weeps by the side of the ocean,
He weeps on the top of the hill;
He purchases pancakes and lotion,
And chocolate shrimps from the mill.

He reads but cannot speak Spanish,
He cannot abide ginger-beer:
Ere the days of his pilgrimage vanish,
How pleasant to know Mr. Lear!

Unbekannter Verfasser

Berliner Spruch

Ick sitze da und esse Klops.
Uff eemol kloppts.
Ick warte, staune, wundre mir,
Uff eemol geht sie uff, die Tür.
Nanu denk ick, ick denk nanu!
Jetzt ist sie uff, erst war sie zu.
Ick jehe raus und kieke –
Und wer steht draußen? – Icke!

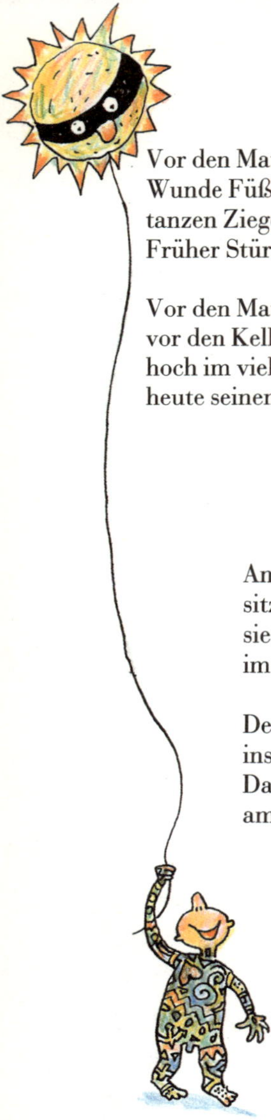

Günter Bruno Fuchs

Vor den Mauern treibt die Sonne Maskenball.
Wunde Füße alter Nebelratten
tanzen Ziegeltanz. Pfiff und Doppelpfiff, Krawall
Früher Stürme in den Kasematten.

Vor den Mauern läßt ein tätowiertes Kind,
vor den Kellern, wenn die Ratten schweigen,
hoch im vielgeplagten Wind
heute seinen Drachen steigen.

Rudolf Hartung

Rheinabwärts

Am Strand in Leverkusen
sitzt eine Jungfrau fein;
sie spiegelt ihren Busen
im alten Vater Rhein.

Der hat ihn fortgeschwommen
ins Meer, nach Amsterdam.
Da sitzt in Leverkusen
am Rhein nur mehr ein Mann.

Hans Manz

Winter

Über den Bergrücken
läuft eine Gänsehaut.
Die Bergnase
schnupft den Rotz hoch.
Der Hügelfuß
zieht sich die Stiefel über.
Der Flußarm
schlüpft in den wollenen Ärmel.
Nur die Landzunge
kümmert sich nicht um die Kälte
und leckt das Eis vom gefrorenen See.

Gerhard Rühm

wer doch wer

wer in der sahara
miete zahlt
beweist mut

doch wer mit tomaten
tennis spielt
beschwört sodom

Heinz Erhardt

Urlaub im Urwald

Ich geh im Urlaub für mich hin ...
Wie schön, daß ich im Urwald bin:
Man kann hier noch so lange wandern,
ein Urbaum steht neben dem andern.
Und an den Bäumen, Blatt für Blatt,
hängt Urlaub. Schön, daß man ihn hat!

Loriot

Advent

Es blaut die Nacht, die Sternlein blinken,
Schneeflöcklein leis herniedersinken.
Auf Edeltännleins grünem Wipfel
häuft sich ein kleiner weißer Zipfel.
Und dort vom Fenster her durchbricht
den dunklen Tann ein warmes Licht.
Im Forsthaus kniet bei Kerzenschimmer
die Försterin im Herrenzimmer.
In dieser wunderschönen Nacht
hat sie den Förster umgebracht.
Er war ihr bei des Heimes Pflege
seit langer Zeit schon sehr im Wege.
So kam sie mit sich überein:
am Niklasabend muß es sein.
Und als das Rehlein ging zur Ruh',
das Häslein tat die Augen zu,
erlegte sie direkt von vorn
den Gatten über Kimm und Korn.
Vom Knall geweckt rümpft nur der Hase
zwei- drei- viermal die Schnuppernase
und ruhet weiter süß im Dunkeln,

derweil die Sternlein traulich funkeln.
Und in der guten Stube drinnen
da läuft des Försters Blut von hinnen.
Nun muß die Försterin sich eilen,
den Gatten sauber zu zerteilen.
Schnell hat sie ihn bis auf die Knochen
nach Waidmanns Sitte aufgebrochen.
Voll Sorgfalt legt sie Glied auf Glied
(was der Gemahl bisher vermied) –
behält ein Teil Filet zurück
als festtägliches Bratenstück
und packt zum Schluß, es geht auf vier,
die Reste in Geschenkpapier.
Da tönt's von fern wie Silberschellen,
im Dorfe hört man Hundebellen.
Wer ist's, der in so tiefer Nacht
im Schnee noch seine Runde macht?
Knecht Ruprecht kommt mit goldnem Schlitten
auf einem Hirsch herangeritten!
»He, gute Frau, habt ihr noch Sachen,
die armen Menschen Freude machen?«
Des Försters Haus ist tief verschneit,
doch seine Frau steht schon bereit:
»Die sechs Pakete, heil'ger Mann,
's ist alles, was ich geben kann.«
Die Silberschellen klingen leise,
Knecht Ruprecht macht sich auf die Reise.
Im Försterhaus die Kerze brennt,
ein Sternlein blinkt – es ist Advent.

Karl Valentin

Die bayerischen Seen

Ich ersuche Sie, bei diesem Couplet nicht zu lachen, weil ich da selber lach.

Still ruht der See in Starnberg drüben,
Da kam ein Dampfer in die Näh,
Da kam der See dann in Bewegung
Und aus war es mit der Ru-he.
Dasselbe gilt fürn Ammersee.

Ha ha ha, ham Sies gehört, wie ich selber gelacht hab – ich kann natürlich nimmer so von Herzen lachen, bei mir klingt das Lachen so mechanisch, ich kann nicht mehr anders lachen als wie ha ha ha ha.

Der zwoate Vers.

Am Königssee fuhr einst ein König,
Am Chiemsee da fuhr einst ein Chiem,
Am Tegernsee fuhr einst ein Tegern,
Am Walchensee, o das ist schlimm,
Da ist schon bald kein See mehr drin.

Ha ha ha ha – über den Vers hab ich mich die erste Zeit krank gelacht – jetzt gefallt er mir gar nicht mehr.

Der dritte Vers.

In Kleinhessloh ist auch ein See.
O glaubns mir, das ist kein Spaß
Bei Regenwetter, 'sis ganz logisch,
Da wird sogar der See ganz naß.
Ja, Sapprament, wie kommt denn das?

Ha ha ha ha – der ist glänzend, der Vers – ha ha ha ha ha.

Der vierte oder sogenannte nächste Vers.

Ein jeder Mensch hat eine Seele,
Das ist ein Stück der Seligkeit.
Der Schwabe sagt: 's Starnbergerseele,
Das liegt vor Augsburg nit so woit,
Des dürfzmer glauba, liabe Loit.

Jetzt, der Vers gefallt mir selber nicht – über den Vers könnt ich auch nicht lachen – höchstens einmal - ha ha.

Ein politischer Vers.

In Rußland und in Großbritannien,
In Frankreich und in der Türkei,
In Serbien, Dänemark und Schweden,
In China und der Mongolei,
In Saloniki und Hawaii.

Das hab ich mir gedacht, daß Sie den nicht verstehn, den versteh ich nämlich selber nicht – aber lachen muaß ich, ha ha ha ha.

Der letzte Vers – sinds froh.

Den ersten Vers sang ich am Anfang,
Den letzten Vers sing ich am Schluß.
Die andern Vers warn zwischen drinnen,
Das Ganze war ein Hochgenuß.
Schad, daß ich jetzt aufhören muß!

Ha ha ha ha – jetzt bin ich in an andern Vers neikomma.

Ernst Jandl
der atlas

der atlas
muß
den globus
tragen
auf dem

der major
der matador
und ein bataillon barone

blumensträuße
jagen

Joachim Ringelnatz
Die neuen Fernen

In der Stratosphäre,
links vom Eingang, führt ein Gang
(wenn er nicht verschüttet wäre)
sieben Kilometer lang
bis ins Ungefähre.

Dort erkennt man weit und breit
nichts. Denn dort herrscht Dunkelheit.
Wenn man da die Augen schließt,
und sich langsam selbst erschießt,
dann erinnert man sich gern
an den deutschen Abendstern.

Nonsense à la carte
DADA

Des Abends, wenn ich früh aufsteh,
des Morgens, wenn ich zu Bette geh,
dann krähen die Hühner, dann gackert der Hahn,
dann fängt das Korn zu dreschen an,
die Magd, die steckt den Ofen ins Feuer,
die Frau, die schlägt drei Suppen in die Eier,
der Knecht, der kehrt mit der Stube den Besen,
da sitzen die Erbsen, die Kinder zu lesen.
O weh, wie sind mir die Stiefel geschwollen,
daß sie nicht in die Füße neinwollen.
Nimm drei Pfund Stiefel und schmiere das Fett
und stelle mir vor die Stiefel das Bett.

*

Ich will euch erzählen
und will auch nicht lügen,
ich sah zwei gebratene Ochsen fliegen,
sie flogen von ferne.
Sie hatten den Rücken zur Erde gekehrt,
den Bauch wohl gegen die Sterne.

*

Eine Kuh, die saß im Schwalbennest
mit sieben jungen Ziegen,
die feierten ein großes Fest
und fingen an zu fliegen.
Der Esel zog Pantoffeln an,
ist übers Haus geflogen,
und wenn das nicht die Wahrheit ist.
so ist es doch gelogen.

Dunkel wars, der Mond schien helle,
Schnee lag auf der grünen Flur,
als ein Wagen blitzesschnelle
langsam um die Ecke fuhr.

Drinnen saßen stehend Leute,
schweigend ins Gespräch vertieft,
als ein totgeschoßner Hase
auf der Sandbank Schlittschuh lief.

Und ein blondgelockter Jüngling
mit kohlrabenschwarzem Haar
saß auf einer blauen Kiste,
die rot angestrichen war.

*

Neben ihm ne alte Schrulle
ungefähr von siebzehn Jahr,
in der Hand ne Butterstulle,
die mit Schmalz bestrichen war.

(Ergänzung: Volksmund)

Hans Adolf Halbey

So was Dummes!

Sieben Söhne wachsen bei mir heran,
und jeder Sohn wird gewiß mal ein Mann,
und wie das so geht auf unserer Erden:
ein jeder will etwas anderes werden!

Hosenträger möchte der erste sein.
Schuhanzieher – das fällt dem zweiten ein.
Der dritte sagt: Korkenzieher, das finde ich Klasse!
Der vierte: Scheibenwischer, die braucht man in Masse!
Einer meint: Aktenordner werden gesucht.
Der sechste hätte es gern mit Anlasser versucht.
Und der Jüngste hat auch schon ein Ziel:
Ich werde Dauerlutscher, da verdient man viel!

Ich frage mich nur: Wo führt das hin?
Zumal ich selbst gelernter Bettvorleger bin . . .

Peter Paul Althaus

Aus dem Zimmer
Dr. Enzians
tönt Gewimmer
immer
Freitagnachmittags um vier.

Das Gewimmer stammt von keinem Menschen,
keinem Tier.
Jeden Freitagnachmittag – hat Anatol
mir verraten unter Alkohol,
Doch auch Witwe Winter, gänzlich nüchtern, flüsterte es
mir: –
Jeden Freitag strafe Dr. Enzian –
(das Gewimmer höre man auch in den Häusern nebenan,
und für keinen Nachbarn sei das Wimmern ein Vergnügen)
Jeden Freitag strafe Dr. Enzian in seinem Zimmer Lügen.

Kurt Schwitters

An Anna Blume

O Du, Geliebte meiner 27 Sinne, ich liebe Dir!
Du, Deiner, Dich Dir, ich Dir, Du mir,---- wir?
Das gehört beiläufig nicht hierher!

Wer bist Du, ungezähltes Frauenzimmer, Du bist, bist Du?
Die Leuten sagen, Du wärest.
Laß sie sagen, sie wissen nicht, wie der Kirchturm steht.

Du trägst den Hut auf Deinen Füßen und wanderst auf
die Hände,
Auf den Händen wanderst Du.

Halloh, Deine roten Kleider, in weiße Falten zersägt,
Rot liebe ich Anna Blume, rot liebe ich Dir.
Du, Deiner, Dich Dir, ich Dir, Du mir, ----- wir?
Das gehört beiläufig in die kalte Glut!
Anna Blume, rote Anna Blume, wie sagen die Leute?

Preisfrage:

1.) Anna Blume hat ein Vogel,
2.) Anna Blume ist rot.
3.) Welche Farbe hat der Vogel.

Blau ist die Farbe Deines gelben Haares,
Rot ist die Farbe Deines grünen Vogels.
Du schlichtes Mädchen im Alltagskleid,
Du liebes grünes Tier, ich liebe Dir!
Du Deiner Dich Dir, ich Dir, Du mir, ---- wir!
Das gehört beiläufig in die --- Glutenkiste.

Anna Blume, Anna, A----N----N----A!
Ich träufle Deinen Namen.
Dein Name tropft wie weiches Rindertalg.
Weißt Du es Anna, weißt Du es schon,
Man kann Dich auch von hinten lesen.
Und Du, Du Herrlichste von allen,
Du bist von hinten, wie von vorne:
A------N------N------A.
Rindertalg träufelt STREICHELN
über meinen Rücken.
Anna Blume,
Du tropfes Tier,
Ich ------- liebe ------- Dir!

Christian Morgenstern
Die Trichter

Zwei Trichter wandeln durch die Nacht.
Durch ihres Rumpfs verengten Schacht
fließt weißes Mondlicht
still und heiter
auf ihren
Waldweg
u. s.
w.

Alfred Lichtenstein
Das Konzert

Die nackten Stühle horchen sonderbar
beängstigend und still, als gäbe es Gefahr.
Nur manche sind mit einem Mensch bedeckt.

Ein grünes Fräulein sieht oft in ein Buch.
Und einer findet bald ein Taschentuch.
Und Stiefel sind ganz gräßlich angedreckt.

Aus offnem Munde tönt ein alter Mann.
Ein Jüngling blickt ein junges Mädchen an.
Ein Knabe spielt an seinem Hosenknopf.

Auf einem Podium schaukelt sich behend
ein Leib bei einem ernsten Instrument.
Auf einem Kragen liegt ein blanker Knopf.

Kreischt. Und zerreißt.

Joachim Ringelnatz
Volkslied

Wenn ich zwei Vöglein wär
Und auch vier Flügel hätt,
Flög die eine Hälfte zu dir.
Und die andere, die ging auch zu Bett,
Aber hier zu Haus bei mir.

Wenn ich einen Flügel hätt
Und gar kein Vöglein wär,
Verkaufte ich ihn dir
Und kaufte mir dafür ein Klavier.

Wenn ich kein Flügel wär
(Linker Flügel beim Militär)
Und auch keinen Vogel hätt,
Flög ich zu dir.
Da's aber nicht kann sein,
Bleib ich im eignen Bett
Allein zu zwein.

Joachim Ringelnatz
Aus meiner Kinderzeit

Vaterglückchen, Mutterschößchen,
Kinderstübchen, trautes Heim,
Knusperhexlein, Tantchen Rös'chen,
Kuchen schmeckt wie Fliegenleim.

Wenn ich in die Stube speie,
Lacht mein Bruder wie ein Schwein.
Wenn er lacht, haut meine Schwester,
Wenn sie haut, weint Mütterlein.
Wenn die weint, muß Vater fluchen,
Wenn er flucht, trinkt Tante Wein.
Trinkt sie Wein, schenkt sie mir Kuchen:
Wenn ich Kuchen kriege, muß ich spein.

Hans Arp
sankt ziegenzack

sankt ziegenzack springt aus dem ei
rumsdiebums das gigerltum
vergißmeinnicht rollt um den stuhl
glocke schlägt nur eins und zwei

abgrund öffnet sich mit macht
stern rollt an den schönen mund
tauiger hase hängt am berg
in den steinen ist schöne nacht

sankt faßanbaß springt aus dem ei
rumsdiebums die liegenschaft
vergißmeinnicht rollt um den stuhl
glocke schlägt nur eins und zwei

Hans Arp

die schwalbenhode

immer mit dem hammer
edeldene besen vereden lammer
ein muskelspiel singt zu klavier
im schneeschrank brüllt der phosphorstier

immer mit dem hammer
edeldene besen vereden lammer
der siegelschwalben schaumkoloß
steigt mit den steinen hoch zu roß

immer mit dem hammer
edeldene besen vereden lammer
der feuer- und der wasserschwanz
erstrahlen im medaillenglanz

immer mit dem hammer
edeldene besen vereden lammer
die schwalbenhode rollt heran
das dadahaus ist aufgetan

Paul Celan

Großes Geburtstagsblaublau mit Reimzeug und Assonanz

In der R-Mitage,
da hängt ein blauer Page.
Da hängt er, im Lasso:
er stammt von Pik-As (so?)
Wer hängt ihn ab?
Das Papperlapapp.
Wo tut es ihn hin?
Nach Neuruppin.
In den Kuchen.
Da könnt ihr ihn suchen.
Da könnt ihr ihn finden,
bei den Korinthen
aus der époque bleue,
links von der Kö,
rechts von der Düssel,
in einer blauen Schüssel.
Er hockt auf der Kante
und schwört aufs Blümerante.

Günter Kunert
Zusammensetzspiel

Ein Mosaik aus Ich und Du,
aus Wir und Ihr und Augenzu,
aus Hängtihnauf und
Schießtsietot,
aus Weiß- und Schwarz- und
Kuchenbrot,
aus Himmel, Hölle, Erdensand,
aus Feindesfuß und Bruderhand,
aus Dir und Mir und Mein und Dein,
aus Traurig- und aus Glücklichsein:
Setz zu dein Teilchen lebenslang,
und kitt es mit Zusammenhang.

V. O. Stomps
Rheinkadetten

Leichenwagenbremser,
Riemenstecher
und Sommerarchitekten –
Schneeschipper im August
rodelt mit Püppchen Suppengrün
auf dem Schnepfenstrich.

Ernst Jandl

zweierlei handzeichen

ich bekreuzige mich
vor jeder kirche
ich bezwetschkige mich
vor jedem obstgarten

wie ich ersteres tue
weiß jeder katholik
wie ich letzteres tue
ich allein

fotografie a. ok.

in zeiten der
trauer lieg
ich auf der
lauer und
freue mich
diebisch
fragt sich nur worübisch

fragment

wenn die rett
es wird bal
übermor
bis die atombo
ja herr pfa

ernst jandls weihnachtslied

machet auf den türel
machet auf den türel
dann kann herein das herrel
dann kann herein das herrel
froe weihnacht
froe weihnacht
und ich bin nur ein hund
froe weihnacht
froe weihnacht
und ich bin nur ein hund

Julian Tuwim

Alphabet

Das Alphabet wurde vom Ofen geweht.
Fiel auf den Boden mit Getöse,
Zerstob dahin in alle Ecken,
Und verletzte sich sehr böse:
Dem I kam sein Pünktchen abhanden,
Dem A gingen die Füßchen zuschanden,
Beim H war das Steglein gebrochen,
Beim B die Bäuchlein zerstochen,
Das O platzte wie ein Ballon so arg,
wobei sich das P erschrak,
Das T verlor sein kleines Dach im Nu,
Das L sprang direkt in das U,
Das S wurde geradegebogen,
Dem R der rechte Fuß entzogen,
Das W hatte sich auf den Kopf gestellt,
sah aus, wie es dem M gefällt.

(Nachdichtung von Jochen Halbey)

Helmut Heißenbüttel

Mirakel

ein glatter zarter
ganz unbehaarter
und runder weißer
halb kalt halb heißer
herabgebeugter
ein wenig feuchter
und stramm gebückter
herausgedrückter
unten gewölbter
nach oben gekölbter
birnengeformter
und ungenormter
zärtlich zu fassender
kaum loszulassender
doppelt geschweifter
sanft ausgereifter
geschwind kuranter
und eleganter
bibbernd lebendiger
ungemein wendiger
matt aufglänzender
in sich sich ergänzender
ein ganz normaler
und schön ovaler
entzückend banaler
Neandertaler

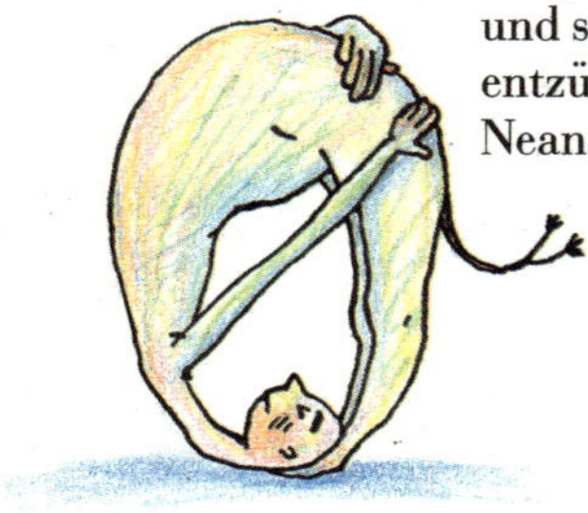

Franz Mon
In den Schwanz gebissen

wer zuerst lacht lacht zuerst noch
wer zuzweit lacht lacht zweimal
wer gleich lacht lacht doppelt
wer zuerst kommt mahlt am besten
wer zuzweit kommt sieht doppelt
wer nicht kommt lacht als letzter
wer zuletzt kommt beißt die hunde
wen der hund beißt ist der erste

Gerhard Rühm

waun s
aun da schenan blaun donau
schdinkt

daun
hot da johann schdraus
im soak
an schas lossn

Gerhard Knorre
Noblesse

Ein Koch kam in die Küche
und stahl dem Koch ein Ei.
Da nahm der Koch den Koch
und schlug den Koch zum Ritter.

Christine Busta

Zappelzeh und Zwidermann

Die Zauberin Zappelzeh,
die ißt nur frischgefallnen Schnee,
fährt Windrad und spielt Wasserwerkel
und fliegt auf einem Rosenferkel.

Ihr Nachbar, der Herr Zwidermann,
der gar kein bißchen zaubern kann,
besteigt mit würdevoller Miene
mißmutig seine Limousine.
Er fährt sein Radio spazieren,
mag nicht mit Wasser musizieren
und strampelt sich nicht ab mit Winden,
kann auch am Schnee nichts Gutes finden,
der ist ihm viel zu kalt geraten,
und Ferkel liebt er nur gebraten.

Otto Nebel

Freizügig

(gut gegen Fettnieren)

Einen Zentner reifer Entengrütze in eine Eiertüte tun
in eine reine Enteneier-Tüte tun
fünf feinzertretene Ziegeneier
einige Unzen Nierentee
gute, giftgrüne Ziertinte zufügen
Tigerfett rin
uff't Feuer ruff
fertig!
Ein feinet Futter für Ringer.

Hans Adolf Halbey

Pimpernelle Zwiebelhaut

Kennt ihr schon die Hexenbraut
Pimpernelle Zwiebelhaut?

Rückwärts kriecht sie aus dem Bett,
schrubbt sich ab mit Stiefelfett,
kocht sich Seifenblasentee,
futtert Scheuerlappen mit Gelee,
Zittergras und Fliegenkleckse –
ja, das schmeckt der kleinen Hexe!

Doch das ist schon lange her.
Pimpernelle lebt nicht mehr –
hat sich Kichererbsenbrei gemacht
und sich beim Kichern totgelacht.

Ernst Meister

Rückwärts

Eine Wolke schwamm
mit einem Mal
rückwärts und
nannte sich Eklow
(zweifellos eine Gräfin).

Bekanntlich hieß
ihr Urahn
Eklow, eine
Wolke von Mensch
und – ein großer Schwimmer.

H. C. Artmann

batman und robin
die liegen im bett,
batman ist garstig
und robin ist nett.

batman tatüü
und robin tataa,
raus aus den federn,
der morgen ist da!

*

teufel teufel teufel
steig in dies öflein
samt deinem hörnlein
flieg zum satürnlein
oder zum erdkernlein
aus zum schorenstein
fahr in die luft ein
aber laß uns allein
und ungeschoren sein

*

auf dem berge ararat
wohnt der schneider drakulat,
seine frau, die nosfretete,
saß am särgelein und nähte,
fiel herab, fiel herab,
und der linke zahn brach ab.
kam ihr männchen angerannt
mit der nadel in der hand,
näht ihn an, näht ihn an,
daß sie wieder beißen kann.

Peter Rühmkorf

Auf eine Weise des Joseph Freiherrn von Eichendorff

In meinen Knochenkopfe
da geht ein Kollergang,
der mahlet meine Gedanken
ganz außer Zusammenhang.

Mein Kopf ist voller Romantik,
meine Liebste nicht treu –
Ich treib in der Himmelsatlantik
und lasse Stirnenspreu.

Ach, wär ich der stolze Effendi,
der Gei- und Tiger hetzt,
wenn der Mond, in statu nascendi,
seine Klinge am Himmel wetzt! –

Ein Jahoo, möcht ich lallen
lieber als intro-vertiert
mit meinen Sütterlin-Krallen
im Kopf herumgerührt.

Ich möcht am liebsten sterben
im Schimmelmonat August –
Was klirren so muntere Scherben
in meiner Bessemer-Brust?!

*

Ein Wortlaut schrammt, ein Lichtstrahl peitscht
dir mitten durchs bekümmerte Gemüt –
Das heißt verdammt
verdammt nochmal verdeutscht,
daß uns kein Traum mehr blüht.

Annemarie Wietig
Zornig

OOOOOOOOOh!
O
du
bist
aber
wirklich

O
ein ganz fieser

O
ein ganz ganz mieser
Typ

OOOOOOOOOh!
O
du
bist
ein echtes

O
ein Mistvieh ein Stinkvieh ein
bequakter
Tunkerstunk
das
bist
du

O
eine stingende Kausgekurt das bistu ein
verkarkter ein verhissener Zwiftgerg ein
echter Margmagel

das pistu
ehrlich

OOOOOOOOOh!
O
dir
piept
es hohl im Gestirnkasten
du Tinkstier mit Meisenmack,
du gargräugender kekelkatzter
Keißscherl
O du ungezogenes Grind
O du unverbogenes Krind
O du Säuschal
O du Scheusaaaaaaaaaaaaaal!
Sag
mal
hast du sie nicht alle?

Hans Adolf Halbey
Schimpfonade

Du sechsmal ums Salzfaß gewickelter Heringsschwanz!
Du viermal im Mehlpott gepökelter Krengeldanz!
Kropfbeißer, Kratzknacker, du hinkende Maus!
Sumpfdotter, Putzklopper, du zwickende Laus!
'ne Heulbeule biste, verdrück dich mit Soße!
Und ich geb' dir Quark mit Musik auf die Hose!
Du Giftwanstfresser, ich puste dich weg!
Und ich hol' meinen Bruder, der spuckt mit Dreck ...

Ihr Kinder, wir müssen nach Hause gehn!
Och, Mutti, wir spielen doch grad so schön.

Heinz Erhardt

Anhänglichkeit

Das Kind hängt an der Mutter,
der Bauer an dem Land,
der Protestant an Luther,
das Ölbild an der Wand.
Der Weinberg hängt voll Reben,
der Hund an Herrchens Blick,
der eine hängt am Leben,
der andere am Strick ...

Unbekannter Verfasser

Unsre gute alte Tante
Könnt sie leben noch in Ruh
Wenn sie, wär sie nicht gestorben
Ach wie ging das schrecklich zu
Kaffee trank sie
Und dann sank sie
Hin vor Schreck
Hitze sagt sie, hat sie hätt sie
Und dann war sie weg

Michael Ende

Beim Heulen zu sagen

Ich bin so u-hu-hunglücklich
und weine, weil ich wa-ha-hein!
Und ka-ha-heiner so-holl mich
jetzt trösten, na-ha-hei-hi-hin!!!
Ich will –– buhu! ––
ich will –– hawu! ––
will bö-hö-hö-hös sa-ha-hein!

Ich bin so u-hu-hunglücklich,
weiß selber nicht waruhu-hum!
Ich gla-hu-hub, heut nehm i-hich
das ganze Leben kru-hu-humm!
Mein Kum-huhu! ––
mer ist –– hawu! ––
mir selber bald zu d-hu-humm!

Unbekannter Verfasser

Kuriositäten

Ein passendes Korsett für einen Meerbusen;
Etwas zu schmecken für eine Landzunge;
Einen Schleier für das »Auge der Nacht«;
Vorhänge für das Bett des Flusses;
Einen Ärmel für einen Meeresarm;
Eine Form für einen Volksauflauf;
Einen Ring für den Finger der Gerechtigkeit;
Das Titelblatt zum Buche der Natur;
Ein paar Pantoffeln für die Versfüße;
Einen Blumentopf für eine Gesichtsrose;
Einen Kalender für die Flegeljahre;
Einen Löschmann für den Feuerbach, und
Eine vollständige Einrichtung für ein Ungemach.

Christa Reinig
Teppichlitanei

Chiwa Chotan Samarkand
Afghan und Beludschenland
Taschkent Beschir Buchara
alle aus Turkmenia.
Gehn die Anatoler beten,
werden diese vier betreten:
Kula Ladir Mudjur Meles
und als fünfter noch Ghiordes
dieser mit dem Türkenknoten,
Türken ist das Grün verboten.
Uschak Yürük Bergamo,
Pergamon heißt heute so.
Aus dem Kaukasus sind die:
Sumak Schirwan und Tschetschi
Talysch Derbent Daghestan
Gendsche Kasak Lesghistan
und nun fehlt noch der Iran:
Täbris Heris Yoraghan
diese aus Nordpersistan.
Mesched Herat Chorassan
diese aus Ostpersistan.
Und nun geht der Süden an:
Keschan Kirman Isphahan
Kaschkai Schiras Dschuscheghan
Bachtiari und Afschari.
Und zum Schluß der Westen hat
Mahal Mossul Muskabad
Saruk und Sultanabadd
Gum, die blauen, Mir, die roten
Senneh mit den Perserknoten
Hamedan und Ferahan
Serabend wir sind am End.

Ein paar Klapphornverse

Karl Valentin

Zwei Knaben fingen ein Eidachsel,
Der wo es gfangt hat, der hieß Maxel,
Der andere packte es beim Schwanzel
Und dieser Knabe der hieß – Gabriel.

Zwei Knaben stiegen auf einen Baum,
Sie wollten Äpfel runterhaun;
Am Gipfel drobn wurds ihnen klar,
Daß das a Fahnenstange war.

Zwei Herren taten mitsammen raufen,
Sie mußten beide heftig schnaufen;
Ich denk mir halt, die solln nicht raufen,
Dann müssens auch nicht so fest schnaufen.

Ein Kätzlein sagte zu dem andern,
Ich glaube schon ans Seelenwandern,
Die andere sprach, du hasts erraten,
Morgn sind wir vielleicht Hasenbraten.

Heinz Erhardt

Ein Naßhorn und ein Trockenhorn
spazierten durch die Wüste,
da stolperte das Trockenhorn,
und's Naßhorn sagte: »Siehste!«

Unbekannter Verfasser

Zwei Knaben machten sich den Jokus
und tranken Most im Keller,
da mußten beide auf den Lokus,
jedoch der Most war schneller.

Zwei Knaben stiegen auf einen Baum,
sie wollten beide Äpfel klaun.
Sie fanden keinen Appel,
der Baum, der war 'ne Pappel.

Zwei Knaben gaben sich einen Kuß,
der eine, der hieß Julius,
der andere hieß Gretchen,
ich glaub', das war ein Mädchen.

Zwei Knaben stiegen auf einen Gletscher,
sie wurden matsch und immer mätscher.
Da sprach der Mätschere zum Matschen:
Komm, laß uns wieder runterlatschen.

Zwei Knaben zogen an den Nil,
den andren fraß ein Krokodil.
Der eine starb am Fieber,
drum geh nicht hin, mein Lieber!

Zwei Knaben gingen durch das Korn,
der eine hinten, der andere vorn,
's ging keiner in der Mitte,
das macht, es fehlte der dritte.

Zwei Knaben gingen durch das Korn,
der zweite hat seinen Hut verlor'n,
der erste würd' ihn finden,
ging' er statt vorne hinten.

Zwei Knaben gingen durch das Korn,
sie waren beide Feger des Schorn,
der eine konnte gar nicht fegen,
der andre fog brillant dagegen.

Zwei Knaben gingen durch das Korn,
der eine blies das Klappenhorn;
er konnt es zwar nicht richtig blasen,
doch blies er's wenigstens einigermaßen.

Zwei Knaben rieten kreuz und quer,
wo kommen Klapphornverse her?
Da sprach der andre: Horch,
die bringt der Klapphornstorch.

Nachwort

– aber keine neue Theorie des Nonsense! Die »Nonsensologie« hat schon viele kluge Worte wortschöpferisch hervorgebracht und darüber nachgedacht, was »nonsensikable« Verfremdung eigentlich sei. Streng wissenschaftlich stellte Dieter Baacke im Nachwort zur Anthologie »Deutsche Unsinnspoesie«, Stuttgart 1978, seinen ausführlichen und guten Gedanken eine These voran: »Nonsense, als eine besondere Spielart der Phantasie, ist nicht sachunangemessenes Reden aus Leichtfertigkeit, pueriler Albernheit oder mangelnder Information, sondern schafft einen Spielraum an der Grenze möglicher Vorstellungen und ihrer sprachlichen, künstlerischen oder realen Darstellung, der nicht nur von üblichen Vorstellungs- und Verhaltenszwängen entlastet, sondern eine distanzierende Heiterkeit und eine neue Optik für Menschen, Gegenstände und deren Konstellationen auf die Räume gestattet, in denen wir leben müssen.« Doch bald führt Baacke aus dieser formalen und »notwendig noch sehr abstrakten« Definition heraus in leichter verständliches sprachliches Terrain und beleuchtet vielseitig das reichhaltige Nonsense-Gut. Als das eigentliche »Nonsensikale« bezeichnet er »die Lust an der Verblüffung, Belustigung und Verwirrung des Lesers durch absurde, sozusagen aleatorische und weder logisch noch psychologisch vorbereitete Situationen und Sprachspiele«. Jeder mag an sich selber überprüfen, ob er zu ähnlichen Ergebnissen kommt.
Auf keinen Fall will ich mich darauf einlassen, das Wort »Nonsense« ins Deutsche zu übersetzen. Das Wort »Unsinn« trifft ebensowenig ins Schwarze wie die Worte »Nicht-Sinn«, »Ohne-Sinn« oder »Hinter-Sinn«. Von allem ist etwas im Nonsense, und es steckt doch noch viel mehr darin, zum Beispiel »Poesie« und vor allem »Spiel«. Im Kinderspiel

nämlich sitzt die Wurzel von allem Nonsense, im Kinderspiel und im Spiel mit Kindern sind vor über 180 Jahren die englischen Nursery Rhymes und Nonsense-Verse entstanden, aus ihnen wurden die wundersamen Texte von Edward Lear und Lewis Carroll geboren, und in den Kinderspielen lebt der Nonsense heute noch und in Zukunft wortschöpferisch und poetisch fort. Das hat Peter Rühmkorf in seinem Buch »Über das Volksvermögen« reichhaltig belegt. Die vielen berühmten Autoren der Nonsense-Literatur – Kinder sind sie geblieben, sind spielfähig und naiv (im besten Wortsinn) geblieben wie Joachim Ringelnatz, der sein Gedicht »Kinder, spielt mit einer Zwirnrolle« mit dem Vers beschließt:

> Denkt nach, dann könnt ihr zwischen Zeilen,
> Auch mit geschlossenen Augen lesen,
> Daß Onkel Ringelnatz bisweilen
> Ein herzbetrunkenes Kind gewesen.

So herzbetrunken muß auch der Klassiker des deutschsprachigen Nonsense Christian Morgenstern gewesen sein, der 1910 in einem Brief aus Obermais an einen Redakteur die folgenden Sätze schrieb: »Sie werden das Lalula nicht mehr ganz so unsinnig finden, wenn Sie bedenken, daß es weniger Ausdruck irgendeines Un-Sinns, Ohne-Sinns sein sollte, als der eines ganz privatpersönlichen, jugendlichen Übermuts, der sich in Lautverbindungen gefiel, ein Gefallen, das unter *Kindern* wohl alltäglich ist, das der Erwachsene aber, wie so vieles, vergißt, und wenn es ihm künstlerisch verkappt entgegentritt, nur noch als Bizarrerie anzusprechen weiß ... Das Lalula dürfte im wesentlichen eine, sagen wir, phonetische Rhapsodie sein ... Im übrigen ist Humor eben Humor und hat jederzeit seinen *eigenen* Sinn und Ernst für sich. Ja, es ist seine Mission, zumindest heutzutage, im Menschen den dumpfen trübseligen Ernst, in den ihn eine materialistische Gegenwart verstrickt hält, ein wenig aufzulockern, anzubröckeln ...« (Christian Morgenstern, Alle Galgenlieder, S. 329 f.)

Als mich der Carl Hanser Verlag ermunterte, eine Nonsense-Anthologie herauszugeben, wollte ich zunächst nicht an die höchst verlockende Aufgabe herangehen, da es schon mehrere Anthologien mit reich ausgebreitetem Material gibt. Erst als man mir bedeutete, daß man mich als Autor von Kindergedichten und als Universitätslehrer für Kinderliteratur angesprochen hatte, gab es kein Überlegen mehr.

Kinderliteratur muß rein, aber so, daß man beim Lesen der Verse nicht erfährt, ob der Text für Kinder oder für Erwachsene geschrieben wurde; Neugierige können das im Quellenverzeichnis herausfinden. Kinderliteratur ist zuallererst Literatur, der Hinweis auf die bestimmte Rezipientengruppe ist von zweitrangiger Bedeutung. Lediglich die Kinderreime und Nursery Rhymes sind in der ersten Text-Gruppe zusammengefaßt und als Verse von Kindern oder für Kinder gekennzeichnet. Alle anderen sind bunt in die anderen Vers-Gruppen eingemischt.

Meine Anthologie (natürlich nur eine kleine Auswahl aus der großen Literatur) beschränkt sich ausschließlich auf Verse, vornehmlich deutschsprachige mit eingemischten englischsprachigen. Schweren Herzens verzichte ich auf Nonsense-Prosa oder auf so knappe Sätze voller Hintersinn wie »Du bleibst hier und zwar sofort!« (Karl Valentin), »Wer Pro sagt, muß auch These sagen.« (Hanns Dieter Hüsch zur Wiederbewaffnung der Bundesrepublik), »BESSEMERBIRNEN als mehr Kanonen.« (Ernst Jandl).

Den Vers allein wollte ich zum Glänzen bringen. Aber wie all die vielfältigen Formen zu »Kapiteln« ordnen? Nun, die »Ordnung« ergab sich fast von selbst, vornehmlich nach strukturalen Kategorien, auch nach Themen; und wo das nicht möglich war, wie im Kapitel X., – da genießt man fröhlich à la carte. Ich hoffe, Sie haben gut zugegriffen, mit gutem Appetit, und beim Lesen die rechte Nonsensibilität entwickelt!

Hans Adolf Halbey

Literatur- und Quellenverzeichnis

Allerleirauh, Viele schöne Kinderreime, versammelt v. Hans Magnus Enzensberger, Frankfurt/Main: Insel-Verlag 1977

Peter Paul Althaus, Dr. Enzian, Karlsruhe: Stahlberg Verlag 1952

An Anthology of concrete poetry, ed. by Emmet Williams, New York, Villefranche, Frankfurt/Main: Something Else Press 1967

Hans Arp, Ich bin in der natur geboren, Ausgew. Gedichte, Zürich: Verlags AG Die Arche 1986

H. C. Artmann, ein lilienweißer brief aus lincolnshire, Frankfurt/Main: Suhrkamp Verlag 1969

Dieter Baacke, Spiele jenseits der Grenze, Zur Phänomenologie und Theorie des Nonsense, in: Deutsche Unsinnspoesie (s. u.)

Hugo Ball, Tenderenda der Phantast, Zürich: Verlags AG Die Arche 1967

Mark Bouly, Zum Begriff des Nonsense in der englischen Kinderliteratur, in: Studien zur Jugendliteratur und literarischen Bildung, hrsg. v. Klaus Doderer, (H. 8), 1962

Paul Celan, Gesammelte Werke, Band 3, Frankfurt/Main: Suhrkamp Verlag 1983

Dada, Eine literarische Dokumentation, hrsg. v. Richard Huelsenbeck, Reinbek bei Hamburg: Rowohlt Verlag 1964

Deutsche Unsinnspoesie, hrsg. v. Klaus Peter Dencker, Stuttgart: Verlag Philipp Reclam jun. 1978

Ruth Dirx, Kinderreime, mit Illustrationen von Lieselotte Schwarz, Frankfurt/Main: Büchergilde Gutenberg 1963

Das Einhorn sagt zum Zweihorn, 42 Schriftsteller schreiben für Kinder, ges. u. hrsg. v. Gert Lobschütz, Grafik v. Heinz Edelmann, Köln: Gertraud Middelhauve Verlag 1974

Michael Ende, Das Schnurpsenbuch, Stuttgart: K. Thienemanns Verlag 1972 (2. Aufl.)

Fred Endrikat, Das große Fred Endrikat-Buch, München: Blanvalet Verlag 1976

Heinz Erhardt, Das große Heinz Erhardt-Buch, Hannover: Fackelträger-Verlag 1970

Ernst Fabian, Im Dasein ist Dasein so wichtig, Vermischte Limericks, mit Zeichnungen v. Jules Stauber, Ebenhausen bei München: Langewiesche-Brandt 1980

Günter Bruno Fuchs, Gemütlich summt das Vaterland, zusgest. v. Michael Krüger, München: Carl Hanser Verlag 1984

ders., Gedichte und Chansons, München: Carl Hanser Verlag 1985

Franz Fühmann, Die dampfenden Hälse der Pferde im Turm von Babylon, illustr. v. Egbert Herfurth, Berlin: Der Kinderbuchverlag 1978

Geh und spiel mit dem Riesen, Erstes Jahrbuch für Kinderliteratur, hrsg. v. Hans-Joachim Gelberg, Weinheim: Beltz & Gelberg Verlag 1971

Das große Lalula und andere Gedichte und Geschichten von morgens bis abends für Kinder, zusgest. von Elisabeth Borchers, München: Verlag Heinrich Ellermann 1971

Josef Guggenmos, Was denkt die Maus am Donnerstag? 123 Gedichte für Kinder mit 56 Grafiken von Günther Stiller, Recklinghausen: Georg Bitter Verlag 1967

Peter Hacks, Der Flohmarkt, Gedichte für Kinder, Illustrationen v. Heidrun Hegewald, Berlin: Der Kinderbuchverlag 1965

Peter Härtling, Spielgeist, Spiegelgeist, Gedichte 1959–1961, Stuttgart: Verlag Henry Goverts 1962

Hans A. Halbey/Leo Leonhard, Es wollt' ein Tänzer auf dem Seil den Seiltanz tanzen eine Weil', Aarau: Verlag Sauerländer 1977

Hans A. Halbey, Pampelmusensalat, 13 Gedichte für Kinder, Bilder v. Günther Stiller, Weinheim: Beltz & Gelberg Verlag 1985

Manfred Hanke, Die Schüttelreimer, Bericht über eine Reimschmiedezunft, Stuttgart: Deutsche Verlagsanstalt 1968

Das Hausbuch der literarischen Hochkomik, hrsg. v. Bernd Eilert, mit Illustrationen v. F. K. Waechter, Zürich: Haffmanns Verlag 1987

Helmut Heißenbüttel, Textbücher 1–6, Stuttgart: Klett-Cotta 1970

Herr Je, das Nichts ist bodenlos, Unsinn in Poesie und Prosa, hrsg. v. Wilhelm Höck, Zeichnungen v. Hans-Peter Willberg, München: Franz Ehrenwirth Verlag 1968

Rolf Hildebrandt, Nonsense-Aspekte der englischen Kinderliteratur, Weinheim: Beltz & Gelberg Verlag 1970 (Internationale Untersuchungen zur Kinder- und Jugendliteratur, hrsg. v. Theodor Brüggemann, Hans A. Halbey, Anna Krüger, Bd. 6)

I Know An Old Lady, Words by Rose Bonne, Music by Alan Mills, Illustr. by Abner Graboff, o. O. (U.S.A.): Rand McNally & Company 1972 (7. Aufl.)

Ich wollt', ich wär ein Huhn, Sinn und Unsinn, zusgest. v. Elke Kahlert, Zeichnungen v. Rosita Garcia, München: Domino Verlag Günter Brinek 1972

Ernst Jandl, Gesammelte Werke in drei Bänden, Darmstadt: Luchterhand Literaturverlag 1985

Joggeli wott go Birli schüttle, Neui Bilder zum alte Värs vom Felix Hoffmann, Aarau: Verlag Sauerländer 1963
Paul Klee, Gedichte, hrsg. v. Felix Klee, Zürich: Verlags AG Die Arche 1960
James Krüss, Der Zauberer Korinthe und andere Gedichte, Hamburg: Verlag Friedrich Oetinger 1982
Edward Lears Nonsense Verse, mit Zeichnungen des Verfassers, übertr. v. H. C. Artmann, Frankfurt/Main: Insel-Verlag 1964
Edward Lears Kompletter Nonsense, Ins Deutsche geschmuggelt v. Hans Magnus Enzensberger, Frankfurt/Main: Insel-Verlag 1977
Edward Lear, Sämtliche Limericks, Engl. Deutsch, mit den Zeichnungen des Autors, übers. u. hrsg. v. Theo Stemmler, Stuttgart: Philipp Reclam jun. GmbH & Co. 1988
Edward Lear, The Pobble who has no toes and other nonsense, with pictures by Dale Maxey, London: Collins St. Jame's Place 1968
John Lennon, In seiner eigenen Schreibe, Nachdichtung v. Helmut Kossodo, Reinbek bei Hamburg: Rowohlt Verlag 1981
Limericks & Clerihews, hrsg. v. Jürgen Dahl, illustr. v. Paul Flora, Ebenhausen bei München: Langewiesche-Brandt 1981
Loriots heile Welt, Zürich: Diogenes Verlag 1980
Die Meisengeige, Zeitgenössische Nonsensverse, ges. u. hrsg. v. Günter Bruno Fuchs, mit einer Zwischengeige in zehn Zeichnungen v. Ali Schindehütte, München: Carl Hanser Verlag 1964
Christian Morgenstern, Alle Galgenlieder, Frankfurt/Main: Insel-Verlag 1972
Ogden Nash, I'm a Stranger Here Myself, Selected Poems, Ich bin leider hier auch fremd, Ausgew. Gedichte, Nachdichtungen von Christian Enzensberger, Walter Mehring, Ulrich Sonnemann, hrsg. v. Ulrich Sonnemann, Reinbek bei Hamburg: Rowohlt Verlag 1969
Otto Nebel, Unfeig, Eine Neun-Runen-Fuge, Zur Unzeit gegeigt, hrsg. v. René Radrizzani, Zürich: Blumer 1960
Benno Papentrigk's Schüttelreime, Wiesbaden: Insel-Verlag Zweigstelle Wiesbaden 1956
Klaus Reichert, Der Jabberwocky, in: Insel-Almanach auf das Jahr 1964, Frankfurt/Main: Insel-Verlag 1963
Klaus Reichert, Lewis Carroll, Studien zum literarischen Unsinn, München: Carl Hanser Verlag 1974
Joachim Ringelnatz, Gedichte-Gedichte, Ausw. v. Herbert Reinoß, Linolschnitte v. Hans-Peter Willberg, Gütersloh: Kleine Lesering Bibliothek, Bd. 31, o. J. (Lizenz-Ausg. des Henssel Verlags, Berlin)
Joachim Ringelnatz, Du mußt die Leute in die Fresse knacken,

Gedichte, Ausw. u. Nachw. v. Lothar Klünner, Berlin: Karl Henssel Verlag 1971
Ringelnatz in kleiner Auswahl als Taschenbuch, Berlin: Karl H. Henssel Verlag 1978
Gerhard Rühm, Gesammelte Gedichte und Visuelle Texte, Reinbek bei Hamburg: Rowohlt Verlag 1970
Peter Rühmkorf, agar agar -zaurzaurim, Zur Naturgeschichte des Reims und der menschlichen Anklangsnerven, Reinbek bei Hamburg: Rowohlt Verlag 1967
Peter Rühmkorf, Über das Volksvermögen, Exkurse in den literarischen Untergrund, Reinbek bei Hamburg: Rowohlt Verlag 1967
Peter Rühmkorf, Gesammelte Gedichte, Reinbek bei Hamburg: Rowohlt Verlag 1976
Schnick Schnack Schabernack, hrsg. v. Viktor Christen, illustr. v. Jürgen Wulff, Oldenburg u. Hamburg: Gerhard Stalling Verlag 1973
Kurt Schwitters, Anna Blume und ich, Zürich: Verlags AG Die Arche 1965
Kurt Schwitters, Das literarische Werk, hrsg. v. Friedhelm Lach, Köln: M. DuMont Buchverlag 1973
Lothar Selow, Schüttel-Poesie und Schüttel-Poetik, mit Titelzeichnungen v. Jules Stauber, Ebenhausen bei München: Langewiesche-Brandt 1956
Dr. Seuss, The Sneetches and other stories, New York: Random House 1961
Dr. Seuss, Die Schnipfen und andere Geschichten, Nachdichtung v. Hans Adolf Halbey, Ravensburg: Otto Maier Verlag 1973
Shaped Poetry, ed. by Glenn Todd and with notes by Andrey Hoyem, San Francisco: Arion Press 1981
Bernd Stadler, Sprachspiele für die Grundschule, Donauwörth: Verlag Ludwig Auer 1986
Die Stadt der Kinder, hrsg. v. Hans-Joachim Gelberg, Recklinghausen: Georg Bitter Verlag 1969
A Treasury of Nursery Rhymes, with Classic Illustrations, ed. by Michael Foss, designed by Martin Bristow, London: Michael O'Mara Books Ltd. 1985
Überall und neben dir, Gedichte für Kinder in sieben Abteilungen, hrsg. v. Hans-Joachim Gelberg, Weinheim: Beltz & Gelberg Verlag 1986
Worte kann man drehen. Sprach-Buch für Kinder, Weinheim: Beltz & Gelberg Verlag, 1974

Fritz Vahle, Zwitscherfisch im Wörter-See, Sprach- und Gedankenspiele, Darmstadt: Justus von Liebig Verlag o. J.
Karl Valentin, Sturzflüge im Zuschauerraum, Der gesammelten Werke anderer Teil, hrsg. v. Michael Schulte, München: Piper Verlag 1969

Quellenverzeichnis zu den Texten unbekannter Autoren

9 Allerleirauh, S. 265; Dirx, Kinderreime, S. 33
10 Rühmkorf, Über das Volksvermögen, S. 38; Allerleirauh, S. 199
11 Allerleirauh, S. 223; Rühmkorf, Volksvermögen, S. 40, 41
12 A Treasury of Nursery Rhymes, S. 32, 33, 34
13 ebenda, S. 87, 96, 115
14 Allerleirauh, S. 15, 48, 152; Dirx, Kinderreime, S. 88
15 Allerleirauh, S. 257, S. 139; Dirx, Kinderreime, S. 56
46 Stadler, Sprachspiele, S. 62
48 ebenda, S. 75
49 Herr Je …, S. 103
69 Schnick Schnack Schabernack, o. P.
70 Hanke, Schüttelreimer, S. 66
77/78 Joggeli wott go … (Siehe Lit.-Verz.)
85 Herr Je …, S. 92
86/87 Stadler, Sprachspiele, S. 75, 76
105 Herr Je …, S. 43
120 ebenda, S. 41
124 Das große Lalula, S. 41
128/129 Herr Je …, S. 257, 271
139 Dirx, Kinderreime, S. 182, 184; Ich wollt', ich wär ein Huhn, S. 56 (der Text wird Gustav Falke zugeschrieben)
140 Allerleirauh, S. 281, und Volksmund
160 Volksmund
161 Herr Je …, S. 228 (aus „Fliegende Blätter“)
166/167 Schnick Schnack Schabernack, o. P.

Autorenverzeichnis mit Hinweisen auf die benutzten Quellen

Peter Paul Althaus, Aus dem Zimmer (S. 142), aus: Herr Je ..., S. 246, 247

Hans Arp, sankt ziegenzack (S. 146); Die Schwalbenhode (S. 147) aus: Arp, ich bin in der natur geboren

H. C. Artmann, batman und robin (S. 156), aus: ein lilienweißer brief aus lincolnshire, S. 466; teufel teufel (S. 156), aus: ebenda, S. 298; auf dem berge ararat (S. 156), aus: ebenda, S. 467

Hugo Ball, baubo sbugi ... (S. 38), aus: H. B., Tenderenda, S. 117–119

Hans Baumann, Gepappel (S. 91), aus: Schnick Schnack ..., o. P.

Rose Bonne, I know an old lady (S. 79/80), aus: I know an old lady (Siehe Lit.-Verz.)

Edwin Bormann, Der alte Marabu (S. 115), aus: Herr Je ..., S. 47

Dieter Brembs, Das Drachenabeceh (S. 59), aus: Überall und neben dir, S. 96

Bazon Brock, Lümmelrück (S. 26), aus: Die Meisengeige, S. 20

Bruno Horst Bull, Seltsame Tiere (S. 111), aus: Stadler, Sprachspiele, S. 61

Christine Busta, Zappelzeh und Zwidermann (S. 154); aus: Die Stadt der Kinder, S. 165

Lewis Carroll, Limerick (S. 26), aus: Hildebrandt, S. 141; Jabberwocky (S. 36), aus: Reichert, Carroll, S. 137/138 (Siehe auch Chr. Enzensberger); He thought ... (S. 99), aus: Hildebrandt, S. 23; The Mouse's Tale (S. 106), aus: Shaped Poetry, o. P.; Mausgericht, Nachdichtung v. Chr. Enzensberger (S. 107), aus: Herr Je ..., S. 216

Paul Celan, Großes Geburtstagsblaublau (S. 148), aus: Gesammelte Werke, Band 3, S. 466

Jürgen Dahl, Limerick-Nachdichtungen (S. 29), aus: Limericks & Clerihews, S. 7, 23

Klaus Peter Dencker, Nachgerufene Gedichte für Lüb (S. 41), aus: Deutsche Unsinnspoesie, S. 302

Michael Ende, Beim Heulen zu sagen (S. 161), aus: Das Schnurpsenbuch, S. 19

Fred Endrikat, Die Wühlmaus (S. 56), aus: Das große ... Endrikat-Buch, S. 88

Christian Enzensberger, Der Zipferlake (Nachdichtung nach Carroll) (S 37), aus: Reichert, Jabberwocky, S. 98, 99; Mausgericht (Nachdichtung nach Carroll) (S. 107); aus: Herr Je ... S. 216

Hans Magnus Enzensberger, Limerick-Nachdichtungen nach Lear (S. 21/22), aus: Edward Lears Kompletter Nonsense, S. 192, 195, 198, 205, 217, 219

Heinz Erhardt, Der Wurm (S. 105), aus: Herr Je . . ., S. 43; Drei Bären (S. 124); aus: Das große. Heinz Erhardt-Buch, S. 72; Rechtschreibung (S. 119), aus: ebenda, S. 54; Urlaub im Urwald (S. 132), aus: ebenda, S. 223; Anhänglichkeit (S. 160), aus: ebenda; Klapphornvers (S. 166), aus: ebenda S. 272

Ernst Fabian, Limericks (S. 30), aus: Fabian, Im Dasein . . ., S. 11, 27, 31, 48

Hubert Fichte, Frohe Festtage (S. 90), aus Die Meisengeige, S. 152

Günter Bruno Fuchs, Nationalhymne der deutschen Toilettenfrau (S. 51), aus: Gemütlich summt . . ., S. 27; Einstiges Lied (S. 123), aus: ebenda, S. 75; Behauptungen, 10 (S. 128), aus: ebenda, S. 36; Vor den Mauern treibt . . . (S. 130), aus: ebenda, S. 10/11

Franz Fühmann, Liedchen (S. 108), aus: Die dampfenden Hälse . . ., S. 61

Robert Gernhardt, Welt, Raum und Zeit (S. 112), aus: Wörtersee, S. 201

Josef Guggenmos, O unberachenbare Schreibmaschane (SD. 55), aus: Guggenmos, Was denkt die Maus . . ., S. 17

Peter Hacks, Nachricht vom Leben der Spazoren (S. 118/119), aus: Hacks, Der Flohmarkt, S. 62, 63

Wolfgang Hädecke, Die Kunst der Fuge (S. 95), aus: Die Meisengeige, S. 54

Peter Härtling, Murmelverse (S. 16), aus: Härtling, Spielgeist, S. 45; Fundevogel (S. 17), aus: Überall und neben dir, S. 265; Dem Fabelzahn (S. 63), aus Die Meisengeige, S. 117

Hans Adolf Halbey, Kleine Turn-Übung (S. 39), aus: Es wollt' ein Tänzer . . ., S. 38; Ein geopfelter Schimmel . . . (S. 46), aus: Schnick, Schnack, o.P.; Zu viele Fritze (nach Dr. Seuss), (S. 6), aus: Die Schnipfen, o. P.; Pampelmusensalat (S. 63), aus: Pampelmusensalat, o. P.; Der Quingelwingelquie (nach Edward Lear) (S. 102/103), Freising: Verlag Sellier 1975; So was Dummes (S. 141), aus: Es wollt' ein Tänzer . . ., S. 28; Pimpernelle Zwiebelhaut (S. 155), aus: Pampelmusensalat, o. P.; Schimpfonade (S. 159), aus Es wollt' ein Tänzer . . ., S. 27

Jochen Halbey, Alphabet (Nachdichtung nach Tuwim) unveröfftl.

Rudolf Hartung, Rheinabwärts (S. 130), aus: Die Meisengeige, S. 116

Raoul Hausmann, Volkslied (S. 47), aus: Deutsche Unsinnspoesie, S. 274; Apfelmus (S. 96), aus: ebenda, S. 273

Heinrich Heine, Der König Wiswamitza (S. 104), aus: Herr Je ..., S. 149
Helmut Heißenbüttel, Sprech-Wörter (S. 91), aus: Heißenbüttel, Textbücher 4, S. 21; Mirakel (S. 152), aus: ebenda
Walter Höllerer, Kinderlied, für Florian ... (S. 114), aus: Die Stadt der Kinder, S. 58
Friedrich Hoffmann, Spatzensalat (S. 54), aus: Geh und spiel ..., S. 164
Tom Hoods, He dreamt ... (S. 99), aus: Hildebrandt, S. 52
Oskar Huth, Neues Doppel-Saalelied (S. 55), aus: Die Meisengeige, S. 111
Ernst Jandl, Heldenplatz (S. 40), aus: Jandl, Ges. Werke, Bd. 1, S. 124; psssnt; die mutter und das kind; Lichtung (S. 45), aus: ebenda; ottos mops (S. 88), aus: ebenda, S. 92; falameleikum (S. 90), aus: ebenda, S. 131; 12 blumenbein (S. 92), mal franz mal anna (S. 93), aus: Jandl, Ges. Werke, Bd. 2, S. 91; Ausgang (S. 128), aus: ebenda, S. 727; der atlas (S. 136), aus: ebenda, Bd. 1, S. 196; zweierlei handzeichen; fotografie a. ok.; fragment (S. 150), aus: ebenda, Bd. 1, S. 248, 251, 128; ernst jandls weihnachtslied (S. 151) aus: ebenda, S. 220
Anton Kippenberg, Schüttelreime (S. 70), aus: Papentrigk, Schüttelreime, S. 18, 35, 23 und Hanke, Schüttelreimer, S. 108
Rudyard Kipling, Limericks (S. 29), aus: Limericks & Clerihews, S. 7, 33
Paul Klee, Der Herr weis ... (S. 39), aus: Klee, Gedichte, S. 14
Ernst Klotz, Der Heuschreck (S. 117), aus: Klotz. Die Badewanne S. 9
Lothar Klünner, Kakokagathie (S. 47), aus: Schnick Schnack ... o. P.
Gerhard Knorre, Noblesse (S. 153), aus: Die Meisengeige, S. 66
Helmut Kossodo, die sündige sacknas, Nachdichtung nach John Lennon (S. 64/65)
Georg Kreisler, Mondlandschaft (S. 113), aus: Herr Je ..., S. 251
James Krüss, Wenn die Möpse Schnäpse trinken (S. 121), aus: Der Zauberer Korinthe, Hamburg: Verlag Friedrich Oetinger 1982
Rosemarie Künzler-Behncke, Jeden Abend im April (S. 122), aus: Schnick Schnack ..., o. P.
Günter Kunert, Zusammensetzspiel (S. 149), aus: Das Einhorn sagt ..., S. 11
Reiner Kunze, Blumenlied (S. 16), aus: Geh und spiel ..., S. 61
Edward Lear, Limericks (S. 21–25), aus: Edward Lear, The Pobble ..., o. P. (Siehe auch Hans Magnus Enzensberger); The

Quangle Wangle's Hat (S. 100/101), aus: The Quangle Wangle's Hat, by Edward Lear, Pictures by Helen Oxenbury, London: Heinemann o. J. (Siehe auch: Hans Adolf Halbey, Der Quingelwingelquie); When he walks ... (S. 129), aus: Hildebrandt, S. 121
John Lennon, die sündige sacknas (S. 64/65), aus: John Lennon, In seiner eigenen Schreibe, S. 112
Kurt Leonhard, Girk-Lieder (S. 53/54), aus: Die Meisengeige, S. 114, 116
Alfred Lichtenstein, Das Konzert (S. 144), aus: Herr Je ..., S. 278
Mira Lobe, Der verdrehte Schmetterling (S. 120), aus: Überall ..., S. 201
Loriot, Advent (S. 132/133), aus: Loriots Heile Welt, S. 30, 31
Paul Maar, Jaguar und Neinguar (S. 46), aus: Überall ..., S. 130
Hans Manz, Achterbahnträume (S. 62), aus: Worte kann man drehen, S. 41; Winter (S. 131), aus: Schnick Schnack ..., o. P.
Kurt Marti, Umgangsformen (S. 47), aus: Stadler, Sprachspiele, S. 62
Christoph Meckel, Ohrenklingen (S. 18), aus: Überall und neben dir, S. 105
Ernst Meister, Rückwärts (S. 155), aus: Die Meisengeige, S. 125
Niémetz Lenau Ferencz Miklos, Magyarisches Schilflied (S. 49), aus: Herr Je .... S. 173
Franz Mittler, Schüttelreim (S. 70), aus: Hanke, Schüttelreimer, S. 65
Franz Mon, In den Schwanz gebissen (S. 153), aus: Die Meisengeige, S. 173
Christian Morgenstern, Das große Lalula (S. 35); Gruselett (S. 35), aus: Alle Galgenlieder, S. 23, 309; Der Rabe Ralf (S. 116), aus: ebenda, S. 30; Das ästhetische Wiesel (S. 117), aus: ebenda, S. 42; Die Trichter (S. 144), aus: ebenda, S. 29
Erich Mühsam, Schüttelreim (S. 74), aus: Hanke, Schüttelreimer, S. 104
Ogden Nash, Limericks und Limicks (S. 26–28), aus: Ogden Nash, S. 46, 47 (Siehe auch: Ulrich Sonnemann)
Otto Nebel, Freizügig (S. 154), aus: O. Nebel, Unfeig, o. P.
Rudolf Neumann, Reif (S. 89), aus: Überall und neben dir, S. 108
C. Palm-Nesselmanns, Schüttelreime (S. 71), aus: Hanke, Schüttelreimer, S. 72
Benno Papentrigk, (Siehe Anton Kippenberg)
Thomas Love Peacock, In London-town (S. 104), aus: Hildebrandt, S. 172

Curt Peiser, Schüttelreim (S. 69), aus: Hanke, Schüttelreimer, S. 45
Werner Pichler, Das faule Känguruh (S. 113), aus: Überall und neben dir, S. 15
Wilhelm Pinder, Schüttelreim (S. 71), aus: Hanke, Schüttelreimer, S. 120
Clemens Plassmann (Siehe C. Palm-Nesselmanns)
Christa Reinig, Ballade von den unsagbaren Geschehnissen (S. 42), aus: Überall und neben dir, S. 136; Teppichlitanei (S. 162), aus: Die Stadt der Kinder, S. 216
Joachim Ringelnatz, Gedicht in Bi-Sprache (S. 48), aus: Gedichte-Gedichte, S. 119; Mein harmlos Lied (S. 109), aus: ebenda, S. 41; Kniehang (S. 109), aus: ebenda, S. 19; Die neuen Fernen (S. 136), aus: Gedichte-Gedichte, S. 87; Volkslied (S. 145), aus: Ringelnatz, Du mußt . . ., S. 102; Aus meiner Kinderzeit (S. 146), aus: Ringelnatz in kleiner Auswahl, S. 47
Hedwig Rohde, Es wird niemals sein (S. 51); aus: Die Meisengeige, S. 141
Eugen Roth, Geschütteltes (S. 74), aus: Alle Rezepte vom Wunderdoktor, München: Carl Hanser Verlag 1986
Gerhard Rühm, Wer doch wer (S. 131), aus: Rühm, Ges. Gedichte, S. 69; waun s (S. 153), aus: Die Meisengeige, S. 79
Peter Rühmkorf, Ein Wortlaut schrammt (S. 157), aus: agar agar . . ., S. 137; Auf eine Weise des . . . Eichendorff (S. 157), aus: Rühmkorf, Ges. Gedichte, S. 96
Hans P. Schaad, s Chly Mandli (S. 81); Der kleine Mann (S. 82), aus: Schaad, s Chly Mandli, Diogenes Verlag Zürich 1969
Paul Scheerbart, Kikakoku! (S. 38), aus: Deutsche Unsinnspoesie, S. 363
Robert Wolfgang Schnell, Ballade (S. 50), aus: Die Meisengeige, S. 135
Heinz-Eugen Schramm, Limericks (S. 31), aus: Herr Je . . ., S. 107
Rudolf Alexander Schröder, Schüttelreim (S. 69), aus: Hanke, Schüttelreimer, S. 55
Kurt Schwitters, Kleines Gedicht für große Stotterer (S. 66), aus: Schwitters, Das literar. Werk. S. 301, 3. Fassung; An Anna Blume (S. 142/143), aus: Anna Blume und ich, S. 46
Lothar Selow, Schüttelreime (S. 72/73), aus: Selow: Schüttelpoesie, S. 34, 37, 49
Dr. Seuss, Too Many Daves (S. 60), aus: The Sneetches . . ., S. 36–41 (Siehe auch: Hans Adolf Halbey, Zuviele Fritze)
Kurt Sigel, Märchen (S. 52); aus: Kurt Sigel, Feuer, de Maa brennt,

Frankfurt/Main: Timm Gierig 1968, S. 11: Was für ein Kerl (S. 52), aus: Die Meisengeige, S. 49
Daniel Spoerri, das rezel kroiz wort (S. 39), aus: Deutsche Unsinnspoesie, S. 265
Jürgen Spohn, Vier ... (S. 122), aus: Die Stadt der Kinder, S. 93
Ulrich Sonnemann, Nachdichtungen von Limericks von Ogden Nash (S. 27/28), aus: Ogden Nash
Theo Stemmler, Limerick-Nachdichtungen nach Edward Lear (S. 23–25), aus: Edward Lear, Sämtliche Limericks, S. 4, 8, 10, 13, 67, 85
Elisabeth Stiemert, Der Flohumizidadomus (S. 56/57), aus: Schnick Schnack ..., o. P.
V. O. Stomps, Rheinkadetten (S. 149), aus: Die Meisengeige, S. 162
Nikolaus Franz Niembsch von Strehlenau (Siehe: Niémetz Lenau Ferencz Miklos)
Julian Tuwim, Alphabet (Nachdichtung von Jochen Halbey) (S. 151)
Fritz Vahle, Stockfisch; Störung (S. 110), aus: Vahle, Zwitscherfisch, S. 100, 105
Karl Valentin, Romanze in C-moll (S. 127), aus: K. V., Sturzflüge ..., S. 83; Die bayerischen Seen (S. 134/135); Klapphornverse (S. 165); aus: ebenda, S. 86, 87, 99 f.
Annemarie Wietig, Zornig (S. 158/159), aus: Überall und neben dir, S. 176
Hildegard Wohlgemuth, Drei Damen gehen in eine Konditorei (S. 58), aus: Geh und spiel ..., S. 260
Dieter Wyss, Die polizei (S. 94), aus: Die Meisengeige, S. 54